KB061145

스타벅스 일기

스타벅스 일기

권남희 산문

한겨레출판

프롤로그

3년 전, 반려견 '나무'가 무지개다리를 건넜다. 그리고 1년 뒤 딸 정하가 독립했다. 회사가 멀긴 해도 독립은 생각하지 못했는데, 어느 날 정하가 퇴근길 지하철에서 쓰러지는 일이 생겼다. 그 일을 계기로 정하는 독립을 선언했다. 건강이 우선이니 그러라고 했다. 갑작스러운 딸의 독립에 걱정이 한가득인 나와 달리 정하는 신나서 회사 근처 원룸 오피스텔을 검색했다. 눈치 없이 같이 이사를 하고 싶었지만, 나는 이웃 동네에 사는 노모를 돌봐야 했다.

"그래, 육아의 완성은 독립이지. 이제 완벽하게 육아가 끝난 거야. 장하다, 권남희!"

자찬하며 50대 중반에 독거 생활을 시작했다. 열 살 때부터 부모님과 떨어져 살아온 나여서 외로움에는 익숙한 족속이다. 혼자 사는 건 두렵지 않다. 전혀 두렵지 않다…고 생각했는데, 첫날부터 무너졌다. 십여 년을 산 집인데 혼자 있는 게 무서워 밤에는 온 집안에 불을 다 켜놓고 잤다. 내가 부모님을 떠나는 입장이던 결혼 전에는 그렇게 기뻤는데, 자식을 떠나 보내는 입장이 되고 보니 절망의 늪에 빠진 기분이었다. 먼저 만사 무기력했다. 시도 때도 없이 눈물이 흘렀다. 식욕도 없고, 사는 게 무의미하고, 도무지 감정이 통제되지 않았다. 열흘이 지나도, 보름이 지나도 현관 밖에 한 걸음도 나가지 않는 생활이 계속됐다. 그러잖아도 집순이 체질인데 완벽하고 본격적이고 철저한 집순이가 됐다. 집안에서 동상처럼 숨만 쉬는 집순이.

일은 점점 쌓이고 수입은 없어졌다. 무엇보다 우리 나무 이야기를 쓰기로 계약해서 마감이 가까운데 글이 써지지 않았다. 나중에 알게 됐지만, 이런 감정에 의학적 병명이 있었다. '빈둥지증후군'이라고 하는.

이렇게 살면 안 되겠다 싶어서 어느 날 노트북을 들고 스타벅스를 찾았다. 마침 집에서 1킬로미터 거리에 스타벅스 매장이 새로 문을 열었다. 스타벅스라면 1년에 두세 번 테이크아웃만 하러 가는 정도였고, 카페에서 작업하는 건 나무가 동물병원에서 미용하는 동안 기다리며 잠깐 해본 것뿐이었다. '눈치 없이 젊은 사람들 사이에 껴서 일해도 되나?' 바짝 쫄며 들어갔다. 다행히 이른 시간이어서 손님이 별로 없었다. 새 건물이어서 모든 것이 반짝거리고, 코로나19로 거리두기를 하는 탓에 테이블 사이도 넓다. 더할 수 없이 쾌적한 환경이었다. 집에서는 한 줄 쓰고 우느라 못 쓰던 나무 이야기가 쭉쭉 잘 쓰였다. 눈물이 나도 집에서처럼 마음 놓고 울 수 없으니 애써 참게 된다.

다음 날도, 그다음 날도, 그다음 다음 날도, 스타벅스에 가서 일했다. 나가는 게 습관이 되니 하루에 한 번이라도 나가지 않으면 답답해졌다. 이런 경험은 태어나서 처음이었다. 집에 있으면서도 집이 그리운 집순이인데. 정하가 취준생 때 스타벅스에 공부하러 간다고 할 때면 조용한 집 놔두고 왜 시끄러운 카페에 가는지 이해되지 않았는데, 3일만 집에 있으면 우울증이 생긴다는 말이 이해되지 않았는데, 늦었지만 완벽하게 이해했다.

스타벅스는 매장 직원이나 주변 손님을 신경 쓰지 않아도 돼서 자유롭고, 오픈된 장소여서 혼자 있는 방종을 막아주어 공부나 작업이 능률적이었다.

나는 나무늘보보다 움직임이 적은 인간이었는데, 스타벅스에 다니는 덕분에 매일 최소한 왕복 2킬로미터 이상 걷게 됐다. 일도 하고 운동도 하고 빈둥지증후군도 낮고 일석삼조.

나의 스타벅스 일기는 이렇게 해서 시작됐다.

차례

2부 봄

3부 여름

4부 가을

1부

겨울

스타벅스에서 일해요

일본인 지인에게
"요즘 저 스타벅스에서 일해요" 하고 자랑했다.
그랬더니 지인이 걱정스러운 표정을 지으며 말했다.
"권상, 컵이나 접시 깨뜨려서 다치지 않게 조심하세요."

아…. 그 일이 아닙니다만….

사이렌오더 닉네임

단골 미용실에서 염색을 하며 요즘은 스타벅스에서 일한다고 말했다. 원장님은 "난 스타벅스에서 주문하는 게 어려워서 못 가겠더라고요"라고 했다. 안다, 안다. 나도 그랬다. 에스프레소 원샷이 어쩌고 투샷이 어쩌고 헤이즐넛 시럽 몇 펌프 어쩌고, 주문하는 사람들 보면 괜히 촌사람 된 기분에 쫄던 시절이 있었다. "맞아요, 저도 그랬는데요. 요즘은 앱을 깔면 이렇게 휴대폰으로 주문할 수가 있더라고요" 하고 사이렌오더 주문 화면을 열어 보여주었다.

　스타벅스에 사이렌오더가 없었더라면 내가 매일 마음 편하게 다닐 수 있었을까. 그러지 못했을 것 같다. 나는 키오스크의 등장을 누구보다 환영하는 극 I다. I들이 살기 편한 세상이 도래해서 요즘 살맛 난다. 젊었을 때는 물론, 이 나이가 돼서도 식당에서 "반찬 더 주세요"라는 말을 못 한다. 배달앱이 없던 시절에는 외출한 정하한테 중국집에 전화해달라고 부탁했다. 이런 내게 직원과 대면하지 않고 주문해도 되는 키오스크나 사이렌오더는 구세주나 다름없다. 무엇보다 자주 가는 가게에서 대면 주문을 하여 '이 사람 또 왔네' 하고 기억되는 게 싫다.

　나의 사이렌오더 닉네임은 평범하다. 나무다. 그러나 아무리 평범한 닉네임이어도 비슷한 시간대에 닉네임을 몇 달씩 부르다 보면 기억할 수밖에 없을 것이다. 며칠 전에는 사이렌오더로 주문 후 텀블러를 전달하려고 줄을 서 있는데, "나무 고객님이시죠?" 하고 카운터 안의 파트너가 먼저 웃으며 내게 인사했다. 그때 '아, 닉네임을 바꿀 때가 됐구나' 생각했다. 닉네임 나무로 사이렌오더가 들어와서 '나무지?' 했을 텐데, 도둑은 항상 제 발이 저린 법. 그 뒤로 닉네임을 바꾸었다. '트리'로.

인생은 거기서 거기죠.

사랑과 전쟁

날씨도 춥고, 마음도 추운 날에는 자허블(자몽 허니 블랙티)이 딱이다. 재즈 음악이 흐르는 오전의 스타벅스. 창밖에는 패딩 차림의 행인들. 따뜻한 자허블을 마시며 그들을 보고 있으니, '여기가 미니 천국이구나' 싶다. 미니 천국의 코앞 자리에는 선남선녀 커플이 다정하게 데이트를 하고 있다. 참 행복해 보인다. 내게도 저런 시절이 있었던가, 없다.

오늘은 《호로요이의 시간》이라는 소설을 번역했

다. 칵테일 캔 음료 이름으로도 있지만, 기분 좋게 취한 느낌을 일본어로 '호로요이'라고 한다. 이 책은 일본에서 핫한 다섯 명의 작가가 '술'을 주제로 쓴 연작 단편집이다. 주량은 약하지만, 나도 술을 좋아해서 술 이야기를 번역하는 일이 즐겁기 그지없다. '집에 가면 맥주 마셔야지' 하는 생각으로 가득하다. 오늘은 사케 양조장 집 자식들 이야기를 번역했는데, 1시간이 술술 흘렀다.

어깨가 결리고 허리가 아파서 현실로 돌아왔을 때, 갑자기 큰 소리가 들렸다. 아까만 해도 마시멜로처럼 달달한 분위기이던 미니 천국의 선남선녀가 싸우고 있다. 지나간 일로 각자의 서운함을 이야기하다 터진 모양이다. '그때 네가 이랬고, 그때 네가 저랬고' '그때 나는 섭섭했고, 그때 나는 슬펐고' 그런 소리가 띄엄띄엄 들린다.

내 앞에 커플이 있으니 본의 아니게 "4주 뒤에 봅시다" 하는 〈사랑과 전쟁〉의 신구 님이 된 기분이다. 만약 내게 의견을 묻는다면 무슨 일인지 모르겠지만 "일단 오늘은 각자 집으로 가고 며칠 뒤에 만나세요"

라고 하겠다. 묵힌 감정들 꺼내서 투덕거리다 보면 진심도 아니면서 "헤어져!" 소리가 나온다. 그러기 전에 집에 가야 한다. 저 커플이 헤어지거나 말거나 내게도 지구에도 별 영향은 없지만, 1시간 전까지만 해도 '하하호호' 하다가 충동적으로 헤어지는 것은 옳지 않다 (헤어질 생각 1도 없는 커플일 텐데 앞서가는 아줌마).

한참 주거니 받거니 싸우던 이 사람들, 갑자기 조용해지더니 긴 침묵을 하고 있다. 무거운 침묵, 아니고 무서운 침묵이다. 커플의 침묵에 나까지 불편해졌다. 저들도 내 존재가 불편해서 마음 놓고 싸우지 못할지도 모른다. 내가 집에 가야 하나. 그러나 커플들 마음 놓고 싸우라고 집에 왔다고 하면 정하가 또 속 터져 할 거다. 그래, 투명 인간인 척하면 되지. 다시 《호로요이의 시간》 번역으로 돌아갔다. 몇 페이지 하고 나서 고개를 드니 그들은 가고 없었다. 이어서 온 어린 커플은 뭐가 그리 좋은지 연신 깔깔깔. 저러다 꼭 싸우더라.

• 《호로요이의 시간》, 오리가미 쿄야 외 4인 지음·권남희 옮김, 징검돌

겨울 프리퀀시

오늘의 음료 제주 금귤 민트티

드디어 오늘부터 스타벅스의 겨울 e-프리퀀시 이벤트가 시작됐다. 미션 음료 세 잔을 포함해 총 17잔의 음료를 구매하면 리워드를 주는 행사다. 쉽게 말해 스티커 17장을 모으면 선물을 주는 것. 증정품은 비매품인데다 시즌 한정 상품이어서 갖고 싶어하는 사람들이 항상 많다. 겨울 프리퀀시에는 뭐니 뭐니 해도 새해 다이어리가 인기.

정하가 스타벅스 앱에 뜬 공지를 캡처해서 내게

보내며, "무슨 색 다이어리 할까?" 하고 고민했다. 마치 본인이 프리퀀시를 모으는 것 같지만, 내가 모으는 것이다. 어쩌다 보니 프리퀀시 모아서 딸에게 스타벅스 다이어리 받아 주는 세련된 엄마가 됐습니다.

"작년에 받은 다이어리 정말 잘 썼어. 빨강이 좋을까, 초록이 좋을까." 정하는 또 갈등했다. 나는 "프리퀀시부터 모으고 고민해"라고 구시렁거렸지만, 사소한 품 들여서 아이를 즐겁게 해주어 진짜 기쁘다.

이번 프리퀀시 미션 음료인 제주 금귤 민트티를 주문했다. 스타벅스에서는 음료를 마시면 별을 하나씩 적립해주는데(텀블러 사용 시 '에코별' 하나가 추가로 적립된다), 신메뉴는 별을 세 개나 추가로 적립해주니 텀블러를 사용해 신메뉴 음료를 마시면 별이 총 다섯 개. 그런데 오늘은 텀블러를 깜박하고 놓고 와서 에코별 한 개를 받지 못했다. 가방을 열다 텀블러가 없다는 사실을 깨달을 때의 아찔함은 교과서를 빼먹고 왔을 때와 비슷한 느낌이다. 12개를 모으면 자그마치 무료 음료 쿠폰을 주는데. '별 하나에 사랑과 별 하나에 쓸쓸함과 별 하나에 동경과…'라고 윤동주 님은 별을 노래하셨지만, 나는 별 하나에 무료 쿠폰을 꿈꾼다. 쪼잔하다. 하긴 어느 재벌 아저씨는 요플레 뚜껑을 핥아먹는다고 하더라. 나는 그 정도는 통 크게 그냥 버리는데.

요즘은 동화를 쓰고 있다. 창작은 노트북만 켜면 술술 진행되는 번역과 달라서 스타벅스에 앉아 있는 게 별 도움이 되지 않았다. 몇 줄 쓰고 멍하니 앉아 있다 갈 때도 있고, 몇 줄도 못 쓰고 갈 때도 있다. 그래서 요 며칠은 집에 있었더니 몸이 제멋대로 스타벅스화했는지 몇 줄은커녕 머리도 돌아가지 않았다. 그래서 못 쓰더라도 나가야겠다고 결심한 참에 겨울 프리퀀시가 시작됐다. 열심히 가야 할 이유가 생긴 것이다. 올해도 정하에게 예쁜 다이어리를 받아다 줘야지.

에어팟을 잃어버려 원숭이가 된 사람을 위해

오늘의 음료 제주 유기농 녹차

스벅에서 일하는 시간보다 휴대폰 뒤적거리는 시간이 많아지면 슬슬 집에 가고 싶어졌다는 몸의 신호다. 딱 그런 신호가 왔을 즈음, 당근마켓 커뮤니티에서 재미있는 글을 보았다. 에어팟을 분실했다는 글인데, 읽자마자 빵 터졌다.

'○○역 7번 출구 쪽 버스 정류장에서 에어팟을 잃어버렸습니다. 음악이 없으면 저는 숨 쉬는 원숭이입니다. 에어팟 보신 분, 꼭 연락해주세요.'

아, 웃기고 불쌍해. 이 숨 쉬는 원숭이가 다시 인간으로 돌아오도록 도와주고 싶다. 마침 집에 가고 싶던 참인데 한번 찾으러 가보자. 나는 1번 출구 쪽이어서 좀 귀찮긴 하지만. 늦게 가면 없어질까봐 노트북을 가방에 쑤셔 넣고 빛의 속도로 나왔다. 남들이 보기엔 슬로모션이라는 거 안다.

그가 에어팟을 잃어버렸다는 7번 출구 쪽 버스 정류장 주변으로 가서 구석구석 찾아보았다. 버스를 기다리던 사람들이 뭘 찾는지도 모르면서 같이 바닥을 두리번거렸다. 그 모습이 또 너무 웃긴다. 그러나 가장 웃긴 건 스벅에서 일하다 당근 글 보고 에어팟 찾으러 튀어나온 너 아니겠어요.

반경을 점점 넓히며 열심히 찾았지만, 에어팟은 커녕 콩나물 대가리 하나 떨어져 있지 않았다. 자그마치 에어팟인데 누가 주워갔겠지. 나라면 주워서 파출소에 갖다주었겠지만. 분실물을 발견했을 때는 그 자리에 두는 게 가장 좋다고 한다. 그런데 휴대폰이나 지갑 같은 건 나쁜 마음으로 가져가는 사람이 있을지도 모르므로 번거로워도 파출소에 갖다주는 편이다. 보기

보다 정의로운 시민이랍니다.

    에어팟을 찾아서 "제가 찾았어요, 숨 쉬는 원숭이님, 이제 사람으로 돌아오세요" 하고 댓글을 달아주고 싶었는데 아쉬웠다. 다이소 이어폰이라도 사서 임시 호흡하기를.

슬슬 크리스마스

오늘의 음료 스노우 민트 초콜릿 블렌디드

겨울 신메뉴로 나온 스노우 민트 초콜릿 블렌디드를 주문했다. 유기농 말차, 화이트 초콜릿, 민트 초콜릿으로 푸릇푸릇한 색을 만들고 빨강과 초록 설탕을 뿌렸다. 크리스마스트리에 크리스마스 색으로 전구 장식을 단 이미지라고 한다. 그렇게 아름답게 생긴 음료도 텀블러에 받아오면 모두 비슷해져 아쉽다. 빙산처럼 일각만 보이니까. 그래도 스노우 민트 초콜릿 블렌디드의 일각은 아주 예뻤다. 크리스마스 분위기가 물씬 난다. 말차와 초콜릿의 조합이니 맛은 당연히 좋았지만, 추운 날씨에 마시니 조금 으스스하다.

해가 갈수록 거리에 크리스마스 분위기가 옅어지는 것 같다. 변두리 우리 동네만 그런가. 교회 앞 말고는 크리스마스트리도 잘 보이지 않는다. 시내에도 화려한 일루미네이션이라든가 크리스마스 장식이 현저히 줄었다. 그래서 너무 좋다.

나는 어릴 때부터 한 번도 즐거운 크리스마스를 보낸 적이 없었다. 초등학교 때는 크리스마스가 다가오면 미술 시간에 크리스마스 카드를 만들었다. 카드를 만들며 아이들은 산타 할아버지를 두고 싸웠다. "산타 할아버지는 진짜 있어!" "아냐 없어!" 하고. 나는 그렇게 싸우는 아이들이 참 부러웠다. 우리 집에는 크리스마스 자체가 존재하지 않아서 그런 영감이 진짜로 있거나 말거나 관심도 없었다. 내게 크리스마스는 언제나 나 빼고 세상 사람 모두가 행복해 보여서 비참한 날일 뿐이었다. '메리는 무슨 개뿔. 화이트 크리스마스는 얼어 죽을, 크리스마스에 비나 오면 좋겠다.' 세상은 왜 남의 생일에 이렇게 야단인지 분노하는 날일 뿐이었다.

　이 나이가 되니 크리스마스라고 해도 아무 느낌도 없고, 그저 빨간 날이라는 이미지뿐이지만, 어린 시절의 나 같은 어린이, 청춘 시절의 나 같은 솔로들이 크리스마스에 우울하지 않게 거리도 TV도 조용한 이 세상이 아주 마음에 든다.

　아, 그래도 크리스마스에 좋은 기억이 있긴 하다. 몇 해 전, 국카스텐의 크리스마스 콘서트에 다녀온 날, 콘서트를 보고 나오며 '오늘은 태어나서 처음으로 행복한 크리스마스구나' 생각했다. '나도 드디어 크리스마스에 외출을 했어!' 하고 뿌듯해했다. 크리스마스에 약속이 없어서 슬픈 분들은 공연 강추. 커플로 가든 단체로 가든 공연이 시작되면 오롯이 공연자와 나뿐. 크리스마스나 연말연시의 수많은 공연은 커플을 위해서만 있는 게 아닙니다. 빛이 나는 솔로들, 가서 빛이 되어주세요.

스타벅스 기프티카드 사기당할 뻔

오늘의 음료 디카페인 카라멜 마키아또

오늘도 스타벅스 기프티콘을 사 모으려고 당근마 켓에 들어갔다. 때마침 절묘한 타이밍으로 5만 원짜리 스타벅스 기프티카드가 4만 원에 올라왔다. 잽싸게 발 견한 나를 칭찬하며 얼른 사겠다고 챗을 보냈다. 바로 답이 왔고, 나는 가르쳐준 계좌로 입금했다. 그런데 10 분이 지나도 답이 없다. 보통 입금 후 1, 2분 이내에 보 내주는데, 좀 불안해졌다. 20분쯤 기다렸다가 판매자 를 재촉했더니 곧 보내겠다고 한다. 사기 같으면 답장도 하지 않고 사라질 텐데, 대답하는 걸 보니 사기는 아닌 것 같았다. 그럼에도 범죄에 연루된 것처럼 불길한 쿵쿵거림. 역시나 곧 보낸다는 말만 하고 1시간이 지나도 기프티카드를 보내지 않아서 환불해달라고 했더니 이제 답도 없다. 이것이 말로만 듣던 사기구나, 쿵쿵은 철렁으로 바뀌었다. 재차 재촉하자 이런 답이 왔다.

"제 사연을 좀 들어주세요. 저도 지금 사기를 당한 상황이에요. 아는 형 생일선물을 사려고 문자 알바를 했는데" 구구절절 쓴 사연을 보니, 내가 입금한 계좌는 문자 알바를 시킨 놈의 계좌였고, 그놈은 돈을 받고 이 알바생을 차단했다고 한다. 시세보다 훨씬 싸면 일단 의심을 해야 하는데, 1만 원에 눈이 멀었다. 한 번도 사기를 당한 적이 없어서 인류를 너무 믿고 산 경향이 있다. '아, 그래, 인생 첫 사기. 4만 원으로 그친 데 다행이라고 생각하자' 하고 마음은 비웠지만 챗은 이렇게 보냈다. "사기를 당한 건 당신 사정이고, 나는 당신한테 돈을 보냈으니 환불해주세요. 아니면 신고하겠습니다."

그랬더니 이 사기꾼, 전화번호를 보내며 자기한테 전화를 좀 해달란다. 할 이야기가 있다고. 아니, 네놈과 왜 통화를 해야 해? "됐고, 환불해주세요"라고 보냈더니 계속 "전화해주세요"라고만 한다. 그러다 마지막에 온 챗. "4만 원은 저한테 너무 큰돈입니다. 나중에 벌어서 갚겠습니다."

이놈에게는 기프티카드도 돈도 없는 게 확실하다. 이 시점에서 환불받을 마음이 없어졌다. 이것 때문에 신경 쓰는 시간과 일을 못 하는 시간이 4만 원은 넘을 터. 그래서 놈은(이랄까, 4만 원은) 버리고 친구 만나러 간 정하에게 이런 일이 있었다고 챗을 캡처해서 보냈다. 차분해진 나와 달리 흥분한 정하, 같이 있던 친구가 그쪽과 통화를 한 모양이다. 곧 나에게 충격적인 소식을 전했다.

"엄마, 걔 초등학생이었어! 50대 아줌마가 초등학생한테 사기나 당하고. 얼레리 꼴레리."

헉. 아니, 챗할 때 초등학생이라고 말하지 이 녀석아. 하긴 말했어도 말도 안 되는 소리라고 믿지 않았겠지. 결국 아이들이 초등학생의 보호자와 통화를 해서 돈을 찾아주었지만, 여러모로 충격적인 사건이었다. 초등학생이 이렇게 쉽게 범죄에 노출돼도 되나. 세상에 나쁜 놈들은 바퀴벌레처럼 불어나고 있고, 그들은 아이의 손에 쥔 스마트폰 속으로 기어들어 가고 있다. 요즘 아이 키우는 부모님들은 얼마나 불안할까….

초등학생이 사기당한 4만 원을 되돌려받자니 찜찜했지만, 착한 사람 만나서 별일 없이 넘어가는 것보다 한번 혼쭐나고 다음부터 절대 이런 일을 하지 않는 게 낫겠지. 그렇게 생각하며 불편한 마음 진정시키고 있는데, 정하가 위로 차 5만 원짜리 기프티카드를 보냈다. 앞으로 당근마켓에서 기프티콘이나 기프티카드 사지 말라는 폭풍 잔소리와 함께.

위로나 잔소리 둘 중 하나만 하자.

부부 문제 상담

오늘의 음료 라벤더 베이지 오트 라떼

라벤더 베이지 오트 라떼는 입맛에 딱이었지만, 라벤더 꽃잎이 동동 떠 있어서 일일이 뱉어내는 게 번거로웠다. 나중에 알았지만, 진짜 라벤더 꽃잎이 아니고 옥수수 껍질로 만든 거고 라벤더는 시럽으로 대신했다고 한다.

상쾌한 아침인데 옆 테이블은 분위기가 무겁다. 40대 초반의 여성이 비슷한 연배의 남성에게 부부 문제를 상담하는 중이다. 같은 얘기를 큰 소리로 계속 반복하니, 볼 생각 없이 틀어놓은 TV의 아침 드라마처럼 절로 내용이 입력된다. 여성은 남편에 대한 불만을 쏟아놓고, 남성은 무조건 남편 편을 들었다. 남성에게 '선배'라고 부르는 걸로 보아 남편과 공통 지인인 것 같다. 공감해주지 않으니 여성은 점점 심도 높여서 남편 욕을 하고 남성은 그래도 한결같이 남편 쪽을 변호한다. 똑같은 이야기가 1시간째 반복되고 있다.

"많이 힘들겠구나." 이 한마디만 해주면 위로가 될 텐데, '저 사람 진짜 공감 능력 없네' 생각하며 이어폰을 귀에 밀어 넣었다. 얼마 후 여성이 꺽꺽 우는 소리가 이어폰을 뚫고 들려왔다. 무심결에 고개를 들었다가, 어쩔 줄 몰라하며 주위를 두리번거리던 남성과 눈이 마주쳤다. 자기가 울린 것도 아닌데 난감하기도 하겠지만, 그럴 때는 티슈를 갖다주면 됩니다. 달랑 스타벅스 갈색 냅킨 한 장으로 폭포처럼 흐르는 눈물을 닦고 있잖아요.

부부 문제는 참 상담하기 어렵다. 전지적 화자 시점에서 부부 문제를 얘기하니 항상 잘못은 상대방에게 있다고 한다. 하지만 제삼자에게는 어느 쪽이 잘못했는지 보인다. 아저씨들 길거리에서 싸울 때 "제삼자는 빠져!"라고 하지만, 제삼자의 시선이 더 정확할 수 있다.

연애 문제든 결혼 문제든 이혼 문제든, 대부분 상담자는 자기의 답을 갖고 있다. 그 답을 상대방에게 듣고 싶은 것뿐이다. 그러므로 성심껏 조언을 해봤자 부질없는 짓이다. 바른 소리 한다고 고마워하지도 않는다. 쓴소리해서 사이만 어색해진다. 그저 공감해주고 토닥거려주고 편 들어주는 게 가장 현명하다. 들어주는 것만으로 충분히 위안이 됐을 터. 판단은 본인이, 판결은 판사가 하겠지요.

그나저나 옆 테이블 여성은 계속 울고 있다. 가제트 팔처럼 쭉 뻗어서 토닥거려주고 싶네.

동료를 도와주세요

오늘의 음료 토피넛 라떼

스타벅스에 들어오는데 입구 쪽 천장에 네모난 물체가 달랑였다. 들어오는 사람들 추울까봐 난방 기구를 달아놓았나 하고 무심히 지나쳤다. 그런데 나중에 파트너 두 명이 와서 올려다보길래 나도 덩달아 올려다보았더니, 그것은 천장 홈에 박힌 냉난방기가 달랑거리는 것이었다. 저걸 어떻게 끼우나 했더니 리모컨이 있네? 신문물일세. 아담하고 가냘픈 체구의 여성 파트너가 고개를 한껏 젖히고 높은 천장을 향해 계속 리모컨을 작동했다. 그런데 리모컨을 누르면 쏙 들어가는 게 아닌가 보다. 좀처럼 들어가지 않았다. 한참 동안 리모컨을 누르다, 카운터 쪽을 보며 "목이 떨어질 것 같아요"라고 하는데 아무도 도와주러 오지 않는다. '너무해. 좀 도와주세요, 동료들아.' 나라도 도와주고 싶었지만, 내 도움은 종종 오지랖으로 분류되어 상대방을 더 불편하게 만들 때가 많아서 자제했다. 누가 의자라도 하나 갖다주면 좋을 텐데.

그러나 의지의 한국인, 의지의 파트너는 결국 혼자 해냈다. 네모난 홈 속에 냉난방기가 쏙 들어갔다. 오, 앓던 이 빠지고 임플란트를 끼우면 이렇게 개운할까요. 마음으로 기립박수를 보냈다. 참 잘했어요! 훌륭해요! 다음에는 힘든 일 할 때 동료에게 "도와주세요"라고 말해보세요. 리모컨 누르는 일이 뭐가 힘들까 싶어서 미처 도와줄 생각을 못 했을지도 모르니까요, 하고 또 마음속으로 오지랖. 정하가 사회생활을 한 뒤로는 젊은 친구들이 정말로 '자식 같아' 보여서 더 안쓰럽다.

그나저나 내가 지금 앉아 있는 암묵적 스터디존

인 이곳은 독립된 공간이어서 조용하고 너무 좋은데 매장 정문과 뒷문 사이에 껴 있어서 사람들이 드나들 때마다 너무 춥다. 내일부터 시끄럽더라도 안으로 들어가야겠다.

아이스와 핫, 생과 사

오늘의 음료 제주 유기농 녹차

'아이스'를 시키지 않는 나를 볼 때 나이가 들었다는 걸 느낀다. 스벅까지 한참 걸어와서 목이 탔지만, 그래도 찬 음료는 몸에 좋지 않으니 뜨거운 녹차와 샌드위치를 주문했다. 요즘 엄마가 병원에 있어서 식욕을 잃은 나는 거의 곡기를 끊다시피 하고 지냈다. 엄마는 간헐적인 어지럼증을 호소해 MRI나 한번 찍어보고 수액이나 맞으려고 하루 병원에 입원했는데, 알츠하이머성 치매와 파킨슨병이라는 진단이 내려졌고 입원이

하염없이 길어졌다. 지금은 폐렴까지 걸려서 중환자실에 있다.

한동안 엄마는 자식도 못 알아보고 말도 못 하더니, 오늘은 어쩐 일로 컨디션도 좋고 대화도 가능했다. 말문이 열린 김에 매일 안부가 궁금해서 연락하시던 엄마 친구에게 전화를 연결해주었다. 친구(90세)가 "니 어디야! 얼마나 찾았는데!" 하니까 엄마가 뜻밖의 대답을 했다.

"저승 가는 병원이다."

통화가 끝난 뒤에 "엄마, 여기 요양병원 아니고 ○○병원이야" 그랬더니 엄마는 깜짝 놀라며 정말이냐고, 눈물을 글썽거리며 기뻐했다. 죽으라고 요양병원에 데려다놓은 줄 알았단다. 십여 년째 다니던 병원에서 한 달 넘도록 있었는데 어딘지 몰랐다니.

노인이 대부분 그렇긴 하지만, 엄마도 건강염려증이 심해서 몸에 조금만 이상이 생겨도 병원에 가고, 아무 이상이 없어도 병원에 갔다. 88세 때까지 매일 일정한 시간에 동네를 산책하고, 실내 자전거도 타고, TV 건강 프로그램을 애청하고, 치매에 좋다는 음식 챙겨 먹고, 몸에 나쁘다는 음식은 거부하며 자기 관리 잘 하던 엄마였다. 그런데 그 노력이 무상하게 어느 날 갑자기 와상 환자가 됐다. 아버지는 매일 소주 한두 병씩 마시고 살았어도 여든 넘어서 주무시다 가셨는데. 이런 걸 보면 생과 사는 그저 하늘의 뜻인 것 같다.

목 마른데 아이스 녹차나 시원하게 원샷할 걸 그랬어.

꼰대 라떼

프리퀀시 미션 음료인 오로라 캐모마일 릴렉서를 주문했다. '크리마스마스 밤을 아름답게 물들이는 듯한 오로라가 살포시 내려앉아 홀리데이 시즌을 더욱 설레게 만들어주는 음료'라는 설명이 딱 어울린다. 오로라 같은 보라색과 핑크색이 어우러진 음료에 로즈마리와 레드커런트로 토핑해서 비주얼이 환상이다. 메뉴 사진을 보면. 나는 항상 텀블러에 음료를 받아서 음료 색깔은 안 보이고 동동 뜬 파란 풀과 빨간 열매 토핑밖에 볼 수 없었지만.

　그런데 오늘은 텀블러가 문제가 아니었다. 음료
의 맛과 비주얼을 감상하기에는 주위가 너무 어수선했
다. 집안일을 해놓고 아무 생각 없이 왔더니 벌써 점심
시간이었다. 음료를 받아왔을 즈음부터 어수선해지는
기운이 돌더니 주변 직장인들이 속속 매장으로 들어왔
다. 급기야 옆자리에 한 팀이 우르르 와서 테이블을 붙
이고 있다. 혼잡한 틈을 타서 슬쩍 보니 여덟 명쯤 된
다. 복잡한 점심시간에 나 혼자 4인석을 차지하고 있
어서 미안하다. '저도 지금 와서요…' 하고 쫄고 있는
내 마음의 소리가 가닿기를. 이 매장에 2인석 좀 만들
어주면 좋겠다. 미니 테이블이긴 하지만 대부분 4인석
이어서 앉아 있는 게 미안할 때가 많다.

　다들 자리를 잡고, 팀장이 음료를 사는 모양이다.
"팀장님, 감사합니다!" 하는 소리가 우렁차다. 음료가
나온 뒤에 팀장이 맥락없이 '국민학교'에 다닌 이야기
를 꺼냈다. 아아, 그거 젊은 사람들에게 너무 재미없는
소재 아닌가요.

"우리 때는 촌지란 것도 있었어. A씨, 촌지 알아?"라고 한다. 우려했던 썰렁함이다. A씨가 "그게 뭐예요?"라고 한다. 촌지를 모를 리 없을 텐데, 팀장님 우쭐하라고 모르는 척하는 걸까. 아니면 요즘 젊은이들은 정말로 촌지를 모르는 걸까.

"자기 자식 잘 봐달라고 돈 봉투 주는 거지." 그러자 "아, 청탁이요?"라고 한다. '음, 촌지와 청탁은 의미가 좀 다르지 않나?' 생각하는데, 화제는 바로 바뀌었다. "다들 육성회비는 알아? 우리 국민학교 때는 육성회비를 내고 다녔어." 촌지를 알던 사람 중에도 육성회비를 낸 사람은 없었다. 아, 님들은 행복한 세대구나요.

나는 육성회비를 제때 안 내서 점심시간에 방송으로 이름 불리는 일이 허다했다. 수업 시간에 뒤로 나가 벌을 선 적도 있다. 부모가 내지 않았는데 왜 아이들에게 망신과 벌을 주었을까. 돈 줄 때까지 부모에게 떼를 쓰라는 걸까. 서울에서 형제들끼리 자취를 하는 터라 나는 집에 가도 부모도 없었다. 그러잖아도 병적으로 부끄러움을 타서 남들 앞에서 책읽기도 못 하는 내게 치욕스러운 벌이었다. 옆자리 팀장이 나에게 물은 것도 아닌데, 지난 날 육성회비 때문에 겪은 창피한 일들이 생각나서 울컥했다.

재미없는 육성회비 이야기가 길게 이어지자, 목소리 큰 여성이 아들 학원비 이야기를 꺼냈다. 화제는 교육비로 넘어갔다.

점심시간에 직장인 팀이 와서 대화 나누는 걸 보면 패턴이 있다. 팀장은 팀장이니 말을 많이 하고, 목소리 큰 한두 명이 맞장구를 치거나 아무 말을 한다. 나머지 사람들은 "맞아요" 정도의 추임새를 넣거나 끄덕끄덕 듣는 시늉을 한다. 지금 이 시간 회사 사람들과 점심을 먹고 있을 정하는 어떤 모습일까. 아마도 분위기 가라앉을 새라 끊임없이 새로운 화제로 재잘거릴 것 같다. 나는 이렇게 많은 사람이 떠들 때 듣는 시늉만 하고 혼자 잡념하는 타입이다.

그나저나 직장생활도 참 힘들겠다. 맛있게 밥 먹고 나서 재미없는 상사의 '라떼는'을 들어야 하다니. 힘든 직장생활 하는 이들 옆에서 나는 최대한 머리칼로 막을 치고 교정지에 열중했지만, 한 번씩 그들의 대화에 마가 뜨면 침묵과 함께 일제히 내게 꽂히는 시선이 느껴졌다. 이해한다. 일본어 책과 교정지를 펼쳐놓고 씨름하는 50대 여성의 모습이 흔히 볼 수 있는 광경은 아니지. 그렇다고 그렇게 단체로 보시면 민망합니다요. 소음은 이길 수 있었지만, 시선은 이길 수 없어서 피난 가는 기분으로 가방을 쌌다. 조금만 참으면 점심시간 끝나서 그들이 나갈 텐데 그걸 못 견디다니. 강해져라, 나의 멘탈.

스벅에서 베이비시터를 하다

오늘의 음료 스노우 바닐라 티 라떼

스노우 바닐라 티 라떼는 올겨울 두 번째 신메뉴. '블랙티와 얼그레이티가 밸런스 좋게 어우러진 티 라떼'라고 한다. 언제나처럼 둔한 미각으로 "밀크티네" 하고 마셨다. 음료 위에는 스노우 폼을 올려 부드럽다. 이 부드럽고 따뜻한 차를 마시니 몸도 마음도 노곤해져서 오늘은 집에 가서 잠이나 푹 자고 싶어졌다.

긴 소파석에 앉았는데 왼쪽 자리가 부산했다. 부부는 영업사원인 듯한 남성과 상담을 하고 있고, 네 살짜리 아이는 소파석을 기어다녔다. 이 부부는 카운터에서 주문할 때부터 내 시선을 끌었다. 외국인으로 보이는 엄마가 조그마한 아들 등짝을 사정없이 내리쳤기 때문이다. 아이는 울지도 않았다. 때리는 데 익숙하고 맞는 데 익숙한 모자의 모습에 놀랐다. 영업사원은 주변 소리에 지지 않으려고 큰 소리로 설명하고 아이는 찡찡대며 온몸으로 소파 위를 기어다니고 엄마는 얌전히 있으라고 아이 엉덩이를 철썩철썩 때린다. 작업복 차림의 아빠에게는 계속 전화가 오는데, 전화벨 소리가 사이렌 소리다. 한 번씩 울릴 때마다 사람들이 다 돌아본다. 대혼파망이다.

　아이 엄마가 아이를 때리는 게 신경이 쓰여서 일을 못 하고 있는데, 아이가 슬금슬금 소파를 기어서 내 옆으로 왔다. 아이를 보며 웃어주었더니 아이는 찰싹 내게 다가앉았다. 내가 또 애 보는 데는 선수. 스타벅스 갈색 냅킨 몇 장으로 폈다가 접었다가 날리기도 하며 아이와 놀아주었다. 아이는 깔깔거리며 좋아하다가 내 무릎에 달랑 올라앉았다. 누가 보면 내 아들, 아니 손자인 줄 알았을 것 같다.

아이가 노트북을 들여다보더니 배경 화면의 우리 나무를 보고 "안녕" 하고 손을 흔들었다. 강아지 사진한테 인사를 하는 이렇게 귀여운 아이를 그렇게 패다니. 아이 엄마에게 잠시 분노하는 사이, 아이가 노트북 자판을 마구 눌렀다. 아무거나 눌러서 고장 내기 전에 아래 한글을 열어서 같이 자판을 치며 놀았다. 옆에서 아이 아빠가 "살살 해라. 비싼 거 돈 물어줘야 한다"라고 했다. 물어달라고 하지 않습니다.

아이가 신나게 자판을 치며 놀다가 몸을 휙 돌리더니 내 목을 꼭 껴안았다. 순간, '아, 다문화 가정이어서 이렇게 놀아주는 친척도 별로 없고 외롭겠구나' 하는 생각이 들었다. 이모할머니가 된 마음으로 아이를 꼭 안아주었다.

부부와 영업사원은 애 봐주는 사람이 있어서인지 세월없이 얘기한다. 내가 아이를 좋아하고 잘 보긴 하지만, 30분 넘어가니 체력이 달렸다. 힘들어, 늙었어. 손자 손녀 키우는 할머니들 대단하신 거구나. 그래도 손자 손녀가 생긴다면 봐줄 의향 100퍼센트인데 생길 확률이….

시간이 흘러 상담이 끝났는지 영업사원이 먼저 자리에서 일어섰다. 아빠가 아이 손을 끌며 "가자. 아줌마한테 고맙다고 인사해"라고 하니, 아이는 시무룩한 얼굴로 배꼽 인사를 했다. 부부가 둘 다 무섭게 생겨서 좀 겁이 났지만, "아기 때리지 말고 칭찬해주면 말을 더 잘 들을 거예요"라고 용기 내어 말했다. 그랬더니 아이 엄마가 알겠다며 내게 고맙다고 인사하고 떠났다.

이상 스타벅스에서 베이비시터를 한 이야기였습니다.

다리 떨기

오늘의 음료 카페 라떼

실수로 디카페인이 아닌 카페 라떼를 주문했다. '본의 아니게 카페인 충전한 뇌로 열심히 일해야지…' 생각했지만, 내가 가장 힘겨워하는 스벅의 빌런이 등장했다. 왼쪽 옆자리 청년이 1분에 180번 정도 심하게 다리를 떨었다. 하아, 나는 소음보다 누가 다리 떠는 게 더 견디기 힘든데. 그래서 오른쪽 방향으로 살짝 돌아 앉았더니 젊은 여성 둘이 뭔가 비밀스러운 이야기를 하고 있었는지 나를 보며 동시에 얼굴을 찡그렸다.

그러게, 나라도 싫었을 거야. 면전에 대놓고 찡그리진 않겠지만. 얼른 다시 정면으로 고쳐 앉고 왼쪽 시야 끝으로 들어오는 다리 떨림을 무시하려고 애썼다. 애썼지만, 성능 끝내주는 휴대폰 진동 같은 덜덜거림이 계속 전해졌다. 일하자, 일하자. 집중하면 안 보인다.

뜬금없이 전설 따라 삼천리지만, 옛날에 어떤 관상가가 허름한 집에 들어가서 하룻밤을 묵었단다. 그가 집 주인 관상을 보아하니 부자가 될 상인데 집은 몹시 가난한 게 의아했다. 그런데 의문이 이내 풀렸다. 주인은 자면서도 다리를 떨었다. 관상가는 망치로 집 주인의 다리 하나를 부러뜨려놓고 냅다 도망쳤다. 훗날 관상가가 다시 찾아가보니 그 사람은 부자가 되어 있었다. 이런 설화에서 유래한 것이 '다리 떨면 복 나간다'는 말이다. 오지랖 넓고 잔인한 관상가 선생을 등장시킨 말도 안 되는 설화이지만, 조상들도 그만큼 다리 떠는 꼴이 보기 불편하셨던 게다.

일본어로도 다리 떠는 걸 '빈보유스리'라고 한다. '빈보'는 '가난', '유스리'는 '떨다'라는 뜻이다. 에도시대에 나온 말이다. 먹을 것도 귀하고 입을 것도 귀한 시절이라 사람들은 허기와 추위에 다리를 달달 떨었을 것이다. 그렇게 달달 떠는 모습이 보기 안타까워 "다리 떨면 가난 신이 내려온다"라고 한 데서 '빈보유스리'라는 말이 나왔다는 썰이 있다.

　우리나라나 남의 나라나 조상들이 이렇게 다리 떨지 말라고 일렀지만, 아이러니하게도 현대에는 다리 떠는 사람이 더 오래 산다는 연구 결과가 나왔다. 다리를 떨면 다리 근육이 움직여서 전신에 혈액순환이 잘 된다나. 그래서 건강에 좋을 뿐만 아니라 혈액순환이 잘 돼서 집중력도 높아진다고 한다. 그래서 무언가에 집중해 있을 때 다리 떠는 사람이 많은 모양이다. 부디 혼자 있을 때 따로 떨고 공공장소에서는 좀 자제했으면 좋겠지만. 지인 중에도 다리를 떠는 사람이 있는데 나이가 예순이 넘은지라 이미 고치기에는 늦은 것 같아서 모른 척한다. 다리 꼬는 게 나쁜 걸 알면서도 고치지 못하는 나와 같겠지.

얼죽아를 위한 이벤트

오늘의 음료 디카페인 블랙 햅쌀 고봉 라떼

새해가 시작된 지 한 달이 다 돼 간다.

몇 십 년째 내 인생은 번역에서 시작해 번역으로 끝나는 한 해였는데, 올해는 도무지 예측할 수 없다. 무슨 계획을 세워야 할지, 어떤 꿈을 가져야 할지 모르겠다. '행복하자, 아프지 말고'라고 자이언티는 소박하게 흥얼거리지만, 그게 세상에서 가장 어려운 일이잖아.

올해 처음으로 스타벅스에 왔다. 매의 눈으로 잽

싸게 매장을 스캔하여 복작복작한 곳 한복판에 빈자리를 발견했다. 예전 같으면 포기했겠지만, 이제는 자리만 있으면 어디든 괜찮다. 아무리 데시벨이 큰 대화 소리도 BGM으로 들으며 작업에 몰입할 수 있는 내공이 생겼다.

신메뉴에 블랙 햅쌀 고봉 라떼가 있어서 주문했다. 이름만으로 내 취향일 것 같았는데 역시 그랬다! 튀밥이 소복하게 토핑되어 끼니도 될 것 같다. 식욕 없어서 굶는 게 일상인 요즘 감사한 음료다. 몇 번 마시면 또 물리겠지만, 만날 때 물릴 걸 예감하는 게 단골이지 않겠니. 허기진 배 속에 음료 한 잔이 들어가니 눈에 힘이 좀 생겼다. 힘이 생기니 생각이 긍정적인 쪽으로 기울었다. 올해는 좋은 일 많이 생기게 해주세요.

영하 17, 18도나 되는 한파에 병원 면회를 다녀와 온몸이 꽁꽁 얼어 있을 때, TV에서 '아이스 챌린지 카페 아메리카노 사이즈업 행사'를 한다는 스타벅스 광고가 나왔다. 얼죽아(얼어 죽어도 아이스 아메리카노) 고객들을 위해 아이스 아메리카노를 주문하면 더 큰 사이즈를 준다는 것이다. 그러잖아도 얼마 전 뉴스 시간에 눈보라 날리는 가운데 아이스 아메리카노 컵 들고 가는 사람들을 보고 "헐, 기인열전인가" 했었는데 스타벅스도 그걸 봤구나.

아무리 사이즈업이 무료라고 해도 추운데 누가 아이스를 마시나 했는데, 바로 옆에서 마시고 있었다. 옆 테이블 남학생 네 명이 마시는 음료가 사이즈업 된 아메리카노였다. '얼죽아'가 현실어였구나. 실제로 아이스 컵을 보니 더 무시무시하다. 무료 아니라 웃돈 얹어줘도 난 못 마시겠다. 씩씩한 얼죽아 4인방은 이번에 대학에 합격한 예비 새내기들인 듯했다. 그들은 세상 다 가진 기쁨으로 테이블을 두들기며 신나게 웃고 떠들었다. 아이스 아메리카노가 아니라 얼음탕에 입수라도 할 기세다.

자식 수능 치러본 학부모라면 안다. 저 밝은 모습이 얼마나 감사한지. 진로가 정해진 자의 여유와 기쁨에 넘친 모습은 남이 보기에도 흐뭇하다. 축하한다.

스터디 데스크의 등산복 언니들

오늘의 음료 블랙 햅쌀 고봉 라떼

신메뉴도 '이제 물리네' 싶을 때가 되면 들어간다. 겨울 신메뉴였던 블랙 햅쌀 고봉 라떼를 마시는 것도 오늘로 마지막이다. 안녕, 덕분에 위가 든든했다. 볼 수 있으면 내년에 또 보자.

그간 입원한 엄마 주보호자 노릇을 하느라 일거리가 많이 밀렸다. 붐비는 시간대인 건 알지만 혹시나 하고 오후 2시가 넘어 스타벅스에 갔더니 테이블석은 거의 차 있었다. 스터디 데스크 쪽을 보니 여러 석이 비어서 오늘은 이곳에 앉았다. 이 매장의 데스크는 넓은 타원형이라 앞 사람과의 간격이 멀어서 좋다. 폭이 너무 좁아서 앞사람이 코앞에 있는 부담스러운 곳도 많은데. 좁든 넓든 스터디 데스크에서는 떠드는 사람이 별로 없어서 작업하기 좋다. …라고 생각한 건 오산. 얼마 지나지 않아 60대의 등산복 차림 언니들 네 명이 "아이고, 자리가 없네"라며 내 옆으로 주욱 앉았다. 약간 막막해졌다.

'음, 자리가 없어서 할 수 없이 여기 앉은 이분들도 마음대로 대화도 못 하고 편하지 않을 거야.' 불편한 건 서로 마찬가지일 거라고 생각했다. 그런데 기우였다. 일렬로 나란히 앉은 언니들은 저쪽 사람에게 들리지 않을까봐 음량을 높여 자유롭게 이야기했다.

"나, 여기 여기저기 아픈 데가 많아서 암 걸리면 보험료 얼마 나오는지 다 뽑아봤잖아. 얼마 전에 며느리한테 암 보험금 나오면 1000만 원 준다고 얘기했더니, "어머니, 저 기뻐하면 속 보이는 거죠?" 이러는 거 있지."

네 명이 동시에 깔깔깔 웃었다. 나는 노트북 키보

드를 두드리고 있어서 일행으로 보이진 않겠지만, 그래도 의자를 슬쩍 뗐다. 친구들과 등산 갔다가 스타벅스에 와서 차 마시며 뒤풀이하는 이 언니들 진심으로 부럽다. 나도 그렇게 살고 싶지만, 이번 생에는 무리일 것 같다. 언니들의 얘기는 계속 오른쪽 귀를 파고 들었다. 중년의 사람들, 만나면 하는 이야기가 다 똑같구나. 이들도 '누가 누가 더 아프나' 배틀이다. 한 사람이 어깨가 아프다고 하면 어깨 받고 난 허리, 어깨와 허리 받고 난 무릎, 이런 식. 더 많이 아프다고 메달 주는 것도 아닌데 왜 친구를 만나면 아픈 곳 자랑부터 하게 될까. 전혀 남 얘기 같지가 않았다. 속으로는 이미 일행이다.

시도 때도 없이 터지는 깔깔깔 웃음소리가 과하다 싶을 때, 한 학생이 들으라는 듯이 탁탁탁 소리 내어 짐을 챙기더니 휙 가버렸다. 나는 놀라서 언니들을 슬쩍 보았으나 언니들은 전혀 개의치 않고 하던 얘길 계속했다.

카페에서 공부하는 것도 자유, 수다 떠는 것도 자유. 누구도 잘못한 건 없다. 도서관도 아닌데 공부하는 사람이나 일하는 사람을 배려할 필요도 없다. 이 언니들처럼 떠들고 싶은 사람은 떠들고, 저 학생처럼 시끄러우면 가면 된다. 그렇긴 한데, 10대 때는 가랑잎 굴러가는 것만 봐도 웃는다고들 하지만, 60대 언니들은 뭐가 그렇게 웃길까. 친구가 한마디 할 때마다 깔깔깔 넘어간다. 리액션 끝내주는 우정이다. 밝은 언니들 에너지 받으며 일하면 좋을 텐데, 저는 이만 귀가합니다. 언니들 놀다 가세요.

참지 마, 참지 마

오늘의 음료 트러플 머쉬룸 수프

자잘한 탈이 나서 병원에 들렀다가 스타벅스에
왔다. 자잘한 탈이지만, 환자니까 트러플 머쉬룸 수프
를 주문했다. 이 수프 맛있다. 스타벅스에서 좋아하는
메뉴 중 하나다. 그러나 치명적인 단점이 있다. 양이
적다. 별로 많이 먹는 사람도 아닌데 간에 기별도 안
가는 건 당연하고, 식도를 넘어가다 만다. 수프는 곱빼
기가 없나요. 아, 하긴 애초에 수프로 배를 채우려는
생각이 잘못됐을지도.

옆 테이블에서 보험회사 지점장이라는 젊은 남성이 회사를 그만두려는 보험 설계사님을 열심히 설득하고 있다. 달랬다가 읍소했다가 감언이설을 했다가. 퇴사를 막는 일도 업무 중 하나여서인지 지점장의 말은 굉장한 달변이다. 나처럼 거절을 잘 못하는 사람은 "예, 예, 계속 출근할게요" 할 것 같다. 하지만 저렇게 다정하게 붙잡고는 실적이 좋지 않으면 조회 시간마다 달달 볶으시겠지. 상사가 그만두려는 사람을 붙잡는 경우, 98퍼센트 자기를 위해서지 상대방을 위해서는 아니다. 한 번 그만두려고 마음먹었을 때 그만두는 게 정답이다. 욱해서 던지는 사표가 아니라 심사숙고한 것이라면.

젊은 지점장은 이렇게 말했다. "제가 3년 동안 한 일이 뭔지 아세요? 참는 거였어요." 그래, 직장 생활 참아야지. 학교 다닐 때처럼 성질대로 할 수 있나. 하지만 정직원이야 참으나 참지 않으나 월급이 나오지만, 보험 설계사님은 형식상 소속은 있지만 실질적으로는 프리랜서인데 참아서 될 일인가 싶다. 점장님은 실적 높은 사람들을 예로 들며 처음이 어렵지 고객 유치만 하면 월 몇 백은 쉽게 번다고, 조금만 참아보라고 토라진 여자 친구 달래듯 계속 달랬다. 보험 설계사님 나이가 두 번 도는 띠동갑일 것 같은데. 고객 유치'만' 하면이 아니라, 고객 유치가 어려운 거잖아요. 공부만 잘하면 서울대 갈 수 있다는 말이나 마찬가지.

괜히 흥분했다. '내 일이나 하자' 하고 번역에 빠져 있을 때 옆 테이블 사람들 일어나는 기척이 났다. 젊은 지점장님은 이탈하려는 어린 양을 잘 설득한 모양이다. 보험 설계사님 얼굴이 살짝 밝아졌다. "내일부터 열심히 합시다" 하고 지점장이 악수를 건넸다. 하긴 직장에서 그만둔다고 할 때, "그래, 잘 가라. 만나서 재수 없었고 다신 보지 말자" 하고 선뜻 보내줘도 기분 나쁠 것 같긴 하다. 다시 하기로 마음먹은 설계사님, 마지막으로 한 번 더 파이팅하시기를.

그들이 가고 난 뒤 옆자리에는 부동산 할아버지 두 분이 오셔서 도면을 펼쳐놓고 싸우신다. 그래도 스벅 와서 2시간은 일하고 가는 게 목표인데, 아⋯. 데시벨보다 이야기 내용이 듣기 괴롭다. 젊은 지점장님은 3년을 참았다는데 30분을 못 참겠네. 저는 이만.

족보 브레이커

오늘의 음료 초콜릿 크림 칩 프라푸치노

그제는 20도가 넘더니 어제부터 갑자기 꽃샘추위여서 다시 겨울옷. 꽃샘추위가 진짜 기분 나쁜 추위란 걸 새삼 느꼈다. '봄이 왔나 보다' 하고 사람들이 패딩도 옷장에 집어넣고 긴장 풀고 있을 때, 청량고추보다 매운 추위가 사악하게 웃으며 나타나니 얼마나 얄미운가. 프리랜서는 더우나 추우나 꽃샘추위에나 밖에 나가기 싫으면 나가지 않아도 되는 게 큰 장점이지만, 엄마 면회 가느라 매일 외출하고 있다.

오늘은 엄마한테 갔더니 지금까지 아무도 찾아오는 사람이 없었던 엄마 맞은편 침대의 92세 할머니에게 처음으로 누군가가 문병을 와 있었다. 할머니의 동생이라고 했다. 그런데 하필이면 할머니가 주무시고 있었다. 평소 이 시간에는 "언니야, 언니, 이리 와 봐" 하면서 나를 귀찮게 불러대던 분이었는데 오늘 같은 날 주무실까. 상태가 좋지 않아서 병원에서 보호자를 부른 걸까.

동생 할머니는 언니에게 별로 정이 없는 듯(있으면 자주 왔겠지), 자기도 아프다며 도로에 잠깐 차를 세워놓아서 빨리 가야 한다고 했다. 아니, 차를 병원 주차장에 세우면 되지.

"할머니가 자식이 1남 4녀라는데 아무도 면회를 안 오세요. 할머니가 '첫째야, 둘째야, 셋째야' 하고 매일 부르시던데."

"없어요, 자식."

"네? 첫째는 미국에 산다던데."

"우리 애들 이야기예요. 우리 집이 1남 4녀예요. 첫째 미국 살고."

"그럼 할머니 결혼 안 하셨어요?"

"네."

할머니가 인생이 이렇게 된 건 첫 번째 한국전쟁, 두 번째 결혼을 잘못해서라고 했는데…. 동생 할머니가 가자마자 깬 할머니는 또 "언니! 언니!" 하고 나를 불러댔다. 할머니에게 "할머니 동생 왔었어요" 그랬더니 "그년은 뭐 하러 왔대. 또 뭐 뜯어갈라고?" 하신다. 이 집에도 사연이 많구나. 와상 환자인 엄마는 치매가 심해져서 화장실 간다고 내려오려고 하고 92세 할머니는 연신 언니(나)를 불러댄다. 두 할머니 보느라 정신이 하나도 없는데 엄마는 나한테 "저 사람이 아줌마 엄마라요?" 하고 묻는다. 이 무슨 족보 브레이커인가.

몸도 정신도 피폐해져서 집으로 오는 길에 스타벅스에 갔다. 그리고 불쌍한 내 마음을 달래기 위해 초콜릿 크림 칩 프라푸치노를 주문했다. 당 따위, 나트륨 따위. 마음 힘들 때 쉴 수 있는 곳이 있어서 안도할 따름.

오해가 풀리지 않아서

오늘의 음료 자몽 허니 블랙티

옆 테이블에 친구 사이인 듯한 20대 여성 둘이 씩씩거리며 와서 싸한 분위기로 마주 앉았다. 들어오는 길에도 계속 싸웠는지 앉자마자 한 사람은 아주 큰 소리로, 한 사람은 덜 큰 소리로 하던 이야기를 이어나가는 느낌이었다. 이야기는 도돌이표 찍힌 짧은 소절처럼 반복됐는데, 내용이 마치 김건모의 〈잘못된 만남〉 같다. "난 너를 믿었던 만큼 난 내 친구도 믿었기에 난 아무런 부담 없이 널 내 친구에게 소개시켜줬고~♫"

둘의 분위기는 심각하고 험악한데, 대화가 저 노래 가사와 비슷해서 나도 모르게 쿡 웃음이 났다.

　띄엄띄엄 듣긴 했지만, 그들의 싸움은 아마 누구의 잘못도 아닐 것 같다. 누군가가 명백하게 잘못했다면 한 사람은 화를 내고 한 사람은 사과를 할 텐데, 둘 다 잘못하지 않아서 싸움이 끝나지 않는 것이다. 억울함을 발산하고 싶은 사람과 오해를 풀고 싶은 사람의 목소리만 점점 커질 뿐.

　"난 이러이러해서 이랬어."

　"넌 그게 문제라고."

　이 대사를 오늘 몇 번이나 하는지. 둘의 목소리가 커서 이어폰도 무용지물이다. 1시간 동안 싸우는 소리를 듣는 것도 힘든 일이어서 그만 가방을 싸야겠다고 생각한 순간, 한 명이 벌떡 일어나서 나갔다. 결국 절교하는 건가 했더니, 문 앞에서 친구가 나오길 기다린다. 나도 모르게 또 품 웃었다. 너무 귀엽다, 청춘들. 그럼 나는 못다 한 일 더 하고 갈게. 잘 가. 가는 길에 떡볶이라도 사 먹으면서 화해하고.

일찍 일어나지 마라, 새야

일찍 일어난 새가 벌레 한 마리 더 잡아먹는지 모르겠지만, 잠을 덜 잔 탓에 벌레를 먹고 나면 식곤증 밀려와 다시 자느라 하루를 망친다. 그냥 평소 하던 대로 제시간에 일어나는 게 최고다. 알면서 오늘 또 그랬다. 마감이 촉박하여 '오늘은 진짜 열심히 일해야지' 하고 새벽 같은 아침에 일어났다. 평소에는 일어나자마자 자리 없을까봐 아무것도 먹지 않고 나가는데, 스타벅스 문 열기도 전이라 아침을 챙겨 먹었다. 건강하게 아침도 먹고 하루를 알차게 시작하는 나에게 반했지. 출근 시간이라 지하철 역 앞 붐빌 텐데 집에서 일좀 하다 갈까. 다 싸둔 스벅 가방에서 노트북과 책을 꺼냈다. 음, 겨우 두세 페이지 번역했는데 잠이 쏟아진다. 소파에 잠깐 누웠는데 일어나 보니 한나절이 다 갔다. 스타벅스에 가도 자리 없을 시간이다.

일찍 일어나지 마라, 새야. 살던 대로 살아.

2부

봄

상처에 생긴 딱지

"한 번 헤어져야겠다는 생각이 드니까
상처에 생긴 딱지처럼 벗겨내고 싶어지더라."

오늘 스타벅스에서 번역한
《꽃다발 같은 사랑을 했다》에 나오는 문장이다.
아, 맞네. 학원이나 회사나 연애나 인간 관계나,
한번 그만두고 싶다고 생각하면 그만두어야 하는 건
'상처에 생긴 딱지'처럼 간질간질해져서 그렇구나.

맛과 혀

오늘의 음료 핑크 플라워 유스베리티

예쁜 핑크색의 봄 신메뉴다. 인터넷에 어떤 분이 이 음료를 이렇게 표현해놓았다. '수박즙과 참외즙을 유스베리티에 때려 부은 맛.' 참으로 한방에 와 닿는 표현이다. 그러나 스타벅스의 메뉴 설명은 언제나처럼 한 편의 시 같다.

'달콤한 참외 베이스에 은은한 꽃 향을 더해 마치 꽃 한 송이를 선물받는 듯한 음료. 유스베리&히비스커스 블렌딩 티로 꽃향과 달콤함을 한 번에 느낄 수 있

으며, 초콜릿 소스로 핑크빛 꽃잎을 표현한 티 베리에
이션 음료입니다.'

신메뉴 음료 설명 쓰시는 분은 나노 단위로 촘촘
하고 섬세한 절대 미각을 가졌거나, 시인이 되고 싶었
던 사기꾼(?)이지 않을까 싶다. 나는 어떤 음료나 음식
을 먹어도 '맛있다' '맛없다' 이상은 표현하지 못하겠던
데 어쩜 이렇게 근사한 묘사를 하실까. TV 먹방 프로
그램에서도 음식을 입에 넣자마자 씹어 삼키기도 전에
화려하게 맛을 표현하는 걸 보면 신기하다. 작가가 미
리 먹어보고 써주는 표현인가 의심스럽기까지 하다.

오래전에 맛집 순례하는 TV 프로그램에서 사유
리 씨가 한 맛 표현은 너무 훌륭해서 잊히지가 않는
다. 무슨 음식인지는 기억나지 않지만, "이탈리아 사람
100명이 내 입속에서 춤을 추는 것 같아요"라고 해서
배꼽을 잡았다. 음식이 느끼하다는 말을 그렇게 표현
할 수 있구나. 게다가 맛이 없으면 "맛이가 없어요" 하
고 말해서 사유리 씨의 맛 평가를 더욱 신뢰했다.

몇 해 전에는 어떤 BJ가 치킨을 먹고 '호날두가 기
교 부리다 공 뺏긴 맛'이라고 솔직히 표현했다가 혼쭐

난 적이 있었다. 맛 표현 자체는 재치 있고 설득력 있었지만, 내돈내산이 아니라 광고비를 받은 치킨이었던 것이다. 논란이 되자 BJ는 진지하고 정중하게 백배사죄하고 자기 돈까지 들여서 그 치킨의 명예를 회복시키는 데 애썼다. 여기서 혀의 역할이 얼마나 중요한지 깨닫게 된다. 맛을 보는 혀, 말을 하는 혀.

우리 몸에서 가장 부드러운 혀지만, 부처님은 혀가 몸속의 도끼라고 했다. 도끼를 잘 간수하지 않으면 제 몸을 찍는다고 했다. 나도 그 도끼로 내 몸을 찍은 적이 많다. 지나온 삶을 돌이켜볼 때 가장 후회되는 점은 인생을 좌지우지할 선택의 순간들이 아니라, 생각 없이 내뱉은 말들이다.

혀로 맛을 볼 때는 즐겁게, 말을 할 때는 신중하게.

슈크림 라떼

음료를 주문하려고 스타벅스 앱을 켰더니 마침 오늘 신메뉴가 나왔다. '우와!' 하고 기뻐한 것은 당연히 신메뉴를 시키면 추가별을 주기 때문이다. 신메뉴 중에 슈크림 라떼를 주문해보았더니, 완전 맛있다! 이런 맛있는 정보는 정하에게 얼른 알려주어야 한다. 스타벅스 신메뉴 나온 날 아침부터 신메뉴 마시는 우아한 어머니의 모습도 함께.

카톡으로 "오늘 스벅 신메뉴 나왔는데, 슈크림 라

떼 맛있다!" 하고 인증샷을 보냈다. 그랬더니 이런 예상 밖의 답이 왔다….

"슈크림 라떼 매년 봄에 나오는 신상 아닌 신상.ㅋㅋㅋ"

어머, 김새. 혹시나, 하고 그동안 써온 '스타벅스 일기'에서 슈크림 라떼를 검색해봤더니 있다!

2022년 3월 15일 화요일

생일 쿠폰으로 슈크림 라떼(6,100원)를 주문했다.
정하가 "존맛이야"라고 추천해서 주문해봤는데 존맛은 개뿔.

와, 슈크림 라떼를 처음 마신 게 아니었구나. 올해 200원이 올랐구나. 그때는 맛없던 게 지금은 맛있구나. 내 입맛이 변했구나. 이래서 조선왕조가 아니어도 사람은 기록을 남겨야 한다고 늘 주장해왔다. 내년 봄에 슈크림 라떼가 나오면 그때는 설마 기억하겠지. 우리 민족은 삼세판이 진리.

해마다 3월이면 생각나는

오늘의 음료 슈크림 라떼

　　스타벅스 뒷문을 열고 들어오는 순간, 내가 좋아하는 자리에 혼자 앉아 있던 남성이 다른 자리로 옮겨 갔다. "아싸" 하고 나비처럼 날아가 앉았다. 앉고 나서 1분 뒤에 왜 그분이 자리를 옮겼는지 알 수 있었다. 바로 옆 테이블에 초등학생 어머니 4인의 목청이…. 나는 괜찮다. 이 정도의 수다와 데시벨은. 차분한 모습으로 익숙하게 따뜻한 슈크림 라떼를 주문했다. 주위를 둘러보니 초등학생 어머니들이 군데군데 무리 지어 있다. 흔한 광경은 아니어서 날짜를 확인하고 '아, 역시'라고 생각했다. 학부모 총회 시즌이다.

초·중·고등학교 때의 나는 해마다 3월이면 새 학년, 새 교실, 새 선생님, 새 친구들을 만난다는 설렘…이 아니라, 두려움과 공포가 컸다. 소심하고 부끄럼 많고 존재감 없는 아이여서 학기 초에는 언제나 꿔다놓은 보릿자루였기 때문이다.

대학생 때의 3월은 수강 신청으로 분주하긴 했지만, 교수님이나 학생이 바뀌는 일은 없어서 비교적 평화로웠다. 취준생 때의 3월은 잔인했고, 결혼한 뒤로는 3월이 오는지 4월이 오는지 아무 생각이 없어졌다. 그런데 정하가 초등학교에 입학한 뒤 다시 3월이 두려워졌다. 이제는 학부모로서 학교에 가야 했다. 학부모 총회에 참석해야 하기 때문이다. 총회에 가면 뭐라도 맡아야 한다. 학급위원이나 녹색 어머니나 도서실 봉사나. 그건 당연히 해야할 일이고 어려운 일이 아니었지만, 나는 엄마들과 교류하는 것이 어려웠다.

다행히 5학년쯤 되니 정하가 철이 들어 "엄마 바쁜데 학교 오지 마. 엄마 안 와도 나 잘해"라고 해서 그

때부터 학교에 발길을 끊었다. 이른바 일본 문학 붐이 절정이었을 때라 바쁘긴 정말 바빴다. 그 뒤로 중학교 때도, 고등학교 때도, 심지어 고3 입시 상담 때도 학교에 간 적이 없다. "내가 잘하는데 엄마 안 오면 어때"라고 해서 '그 말이 맞네' 하고 가기 싫던 터에 적극적으로 가지 않은 것이다.

실제로 정하는 아무 문제 없이 학교생활을 잘했지만, 요즘 가끔 미안한 생각이 든다. 내가 아이 학교생활에 신경 썼더라면 이 아이가 더 잘되지 않았을까. 정하가 수시 원서 쓴다고 들고 왔을 때야 "수시랑 정시랑 어떻게 다른 거야?" 하고 물어봤을 정도로 무심하고 무지한 학부모였던 것을 이제야 반성한다. 한편으로는 내가 그렇게 무심했던 탓에 혼자 씩씩하게 잘하지 않았을까 싶기도 하지만.

아직도 열심히 자식 이야기를 하는 옆 테이블의 초보 학부모들이 귀엽다. 에구, 언제 다 키우나. 나에게 30, 40대로 돌아가고 싶으냐고 묻는다면 절대 싫은 이유, 아이의 초·중·고 생활을 또 함께하는 것이 끔

찍하다. 다른 엄마들에 비하면 한 게 없긴 하지만, 인간을 바르게 키운다는 건 정신적으로 힘든 일이다. 자로 줄을 그어놓고 '이 길만 가거라' 할 수도 없는 일이고. 나 자신도 정답을 알 수 없는 인생인데, 어떤 모범을 보여줄 수도 없다. 그래도 학부모 선배라고 옆 테이블 초보 학부모들에게 하고 싶은 말, 부디 초등학생 때는 공부에 연연하지 말고 즐거운 추억 많이 만들어주세요. 노는 게 남는 것이에요.

녹차를 좋아하는 이유

오늘의 음료 포멜로 플로우 그린티

포멜로 플로우 그린티는 '자몽 종류인 포멜로와 라임, 제주 녹차를 쉐이킹하여' 만들었다고 한다. '포멜로'라는 과일 이름을 처음 들어서 검색해보니 자몽보다 먼저 나온 과일이라고, '자몽의 아버지'라고 표현하는 사람도 있다. 과일도 족보가 있구나. 녹차를 베이스로 한 음료는 대체로 좋아하는데, 이 음료는 달지 않아서 더 좋았다. 그렇다고 엄청나게 맛있다는 건 아니고요….

스타벅스에서 가장 많이 마신 음료는 제주 유기농 녹차다. 나는 녹차를 좋아한다. 집에서도 종일 마신다. 내가 녹차를 처음 마셔본 것은 대학교 2학년 여름방학 때였다. 일본 연수 프로그램에 참여해서 홋카이도에 갔는데, 그때 홈스테이 했던 집에서 식사를 하고 난 뒤나 간식을 줄 때면 꼭 녹차를 함께 주었다. 탄산음료 좋아할 어린 입맛에 처음 마셔본 녹차는 쌉쌀하고 떫떠름해서 마음에 들지 않았다. 게다가 한여름에 뜨거운 차라니(그게 좋은 거란 걸 모르는 스무 살 때였다). 거절하지도 못 하고 한약 먹는 기분으로 마시며 '시원한 보리차 한잔 마시고 싶다!'라고 간절히 바랐다.

녹차가 얼마나 싫었으면 하루는 "권상, 시원한 무기차 마실래요?" 하는데 '차'라는 소리에 경기하며 본능적으로 "아뇨, 괜찮습니다" 하고 사양했다. 알고 보니 무기차는 내가 그렇게 마시고 싶어 했던 보리차였는데 일본어를 몰랐던 것이다. 당시 일반적인 한국 가정에서는 보리차를 한 주전자씩 끓여놓고 식수로 마셨는데 보리차가 특별히 마시는 차라니. 그것도 신기했다.

그랬던 내가 언제부터 녹차를 좋아하게 된 걸까. 기억을 더듬어보면 적어도 40대 중반은 넘어서인 듯하다. 전혀 건강에 신경 쓰지 않고 살다가 조금은 몸 걱정을 하기 시작한 게 그때였으니까. 예전에 일본에서 아침에 처음 눈 오줌을 마시면 몸에 좋다며 한동안 '오줌 마시기'가 유행(?)한 적이 있다. "그런 개뻥을"이라고 하는 사람도 있겠지만, 이 유행을 따라한 사쿠라 모모코 씨(《마루코는 아홉 살》로 유명한 만화가이자 에세이스트였다)가 자신의 에세이에 직접 오줌을 마신 이야기를 썼고, 내가 그 책을 번역했으니 찐 진실이다. 어디서 뽑았는지 모르겠지만, 녹차는 10대 장수 식품이다. 몸에 좋다면 오줌도 마시는 사람도 있는데 녹차쯤이야 몇 주전자라도 마실 수 있지. 그래서 매일 마시다 보니 좋아졌다.

인터넷에서 녹차 효능을 검색하면 열 가지가 나온다. ① 강력한 항암 효과 ② 염증과 세균 감염 억제 ③ 혈당 상승치 억제 및 완화 ④ 항산화 작용(노화 억제) ⑤ 다이어트에 효과적 ⑥ 중금속과 니코틴 해독작용 ⑦ 피로회복과 숙취제거 ⑧ 체질의 산성화 예방 ⑨ 충치 및 입 냄새 제거 ⑩ 피부미용.

　십여 년을 마셨으니 효능을 증명해야 할 텐데, 이
걸 잘 모르겠다. 몸에 별 탈 없고 몸무게 정상이고 피
부 좋지만, 녹차의 효능인지 부모님의 유전자인지.

세상은 온통 봄이고, 나는 외톨이다

오늘의 음료 핑크 크리스탈 캐모마일 티

스타벅스에 들어서니 입구 옆 진열대에 핑크와 보라색 봄 MD 상품이 화사하다. 번민이 많은 내 마음은 아직 겨울인데 이곳에는 봄이 왔구나. 자리에 앉기도 전에 진열대를 구경하다가 '핑크색 텀블러 하나 살까' 하다 말았다. 스타벅스에서 일하다 보니 텀블러가 여러 개 있어도 새로운 텀블러를 갖고 싶어지는 사치스러운 병이 생겼다. 매일 쓰는 음료 값만 해도 가산을 탕진할 정도이니 충동구매는 자제하기로. 예쁜 봄 MD

상품을 보니 간만에 미소가 돌았다. 그런데 아직 추워서 매장에 들어오는 사람들이 죄다 교복처럼 패딩을 입었는데, 봄 신메뉴가 아이스 음료밖에 없다. 추가별 세 개를 받기 위한 일념으로 주문한 핑크 크리스탈 캐모마일 티. 봄봄한 비주얼에 상큼하고 맛있었지만, 꽃샘추위 잔인한 봄인데 따뜻한 음료도 좀 만들어주세요.

작업을 시작하기 전에 블로그에 들어갔다. 블로그의 '지난 오늘 글'을 보는 게 매일의 즐거움이다. 오늘은 이맘때면 올라오는 '15년 전 오늘' 글에 시선이 머물렀다. 이런 문장이 있다.

'세상은 온통 봄이고, 나는 외톨이다.'

오가와 요코의 소설 《우연한 축복》을 번역하며 책 문장을 적어둔 것이다. 내가 어릴 때부터 봄마다 느껴온 감정을 이렇게 간단히 한 줄로 표현하다니. 이 문장을 볼 때마다 고통스럽게 번역한 기억이 떠오른다. 어떤 작가든 처음에는 '취향에 맞지 않네' 싶다가도 단어 하나, 조사 하나 함께 호흡하며 번역하다 보면 동지 의식이 생긴다. 작업을 마치고 나면 이 작가와 나는 찰떡궁합이었다는 생각마저 든다. 그런데 세 권을 연달아 번역하고도 '너무 안 맞아!!' 하고 비명을 지르고 싶었던 작가가 이 《박사를 사랑한 수식》으로 유명한 오가와 요코. 요즘 일본에서는 무라카미 하루키 다음으로 노벨문학상 후보감으로 떠오르는 작가이기도 하다. 하지만 필력이나 작품성과 관계없이 번역하는 내내 우울했다. 원인은 정확히 기억나지 않는다. 작품이 우울해서인가 싶기도 하고, 번역하기 어려웠나 싶기도 하고.

번역은 내가 정말 좋아하는 일이어서 힘들 때는 없지만, 가끔 우울증에 빠지게 하는 작품은 있다. 다자이 오사무처럼 내용 때문에 우울할 때도 있지만, 원문이 빈약해서 번역으로도 빈함을 채울 수 없을 때 진짜 우울해서 책을 펼치기가 싫다.

각설하고, 곧 세상은 온통 봄일 텐데 외톨이인 분들 많겠구나요. 봄은 오는 척하다 가버리니까요. 무시하세요.

비닐봉지

오늘의 음료 파인 코코 그린 요거트 블렌디드

봄 신메뉴로 나온 파인 코코 그린 요거트 블렌디드, 아주 맛있다. 이름처럼 정직하게 파인애플 맛과 코코넛 맛이 나는 요거트. 음료 색도 살짝 연두이고 토핑도 연두색 코코넛 가루. 푸릇푸릇한 색이 곱다. '지구를 생각하는 마음을 담은 플랜트 요거트 음료'라고 하는데, 지구 문제는 모르겠지만, 칼로리가 높아서(365칼로리) 아침만 먹고 다니는 내게는 딱 좋은 음료였다.

맛있다고 쭈르룩쭈르룩 빨대로 마시며 무심코 옆

을 돌아보다 어떤 초로의 언니와 눈이 마주쳤다. 서로 얼른 시선을 돌렸지만. 요즘 스터디존에 자주 오는 분이다. 예전에 화제였던 맥도날드 할머니(맥도날드에서 거의 숙식하다시피 하던 인텔리 노숙자 할머니. 항상 영어 신문을 보셨다)를 떠올리게 하는 분이다. 검은머리와 흰머리가 반반 섞인 단발머리의 그분은 맥도날드 할머니처럼 항상 신문을 펼쳐놓고 있다. 거룩하시다. 맥도날드 할머니와 다른 점은 노숙자가 아니고, 갖고 다니는 짐이 적다는 것. 과자 몇 개 담긴 비닐봉지가 전부다. 그 비닐봉지 때문에 화장실 갈 때마다 갈등하는 모습이 귀엽다. 비닐봉지를 들었다 놨다 들었다 놨다 하다 결국 들고 갔다 온다. 스벅에서는 스마트폰을 놓고 가도 노트북을 놓고 가도, 에어팟을 놓고 가도 아무도 훔쳐 가지 않는다는 사실을 모르시는 것 같다.

한동안 보이지 않더니 오늘은 오랜만에 오셨다. 하긴 내가 한동안 오지 않아서 보지 못했는지도 모른다. 일하다 고개를 돌리면 이따금 나를 뚫어져라 보고 계신다. 후줄근한 아줌마가 노트북 들고 자주 오는 게 신기하신가 보다. 아마 그 언니가 스타벅스 일기를 쓴다면 이렇게 쓰지 않을까.

중년의 여자는 오늘도 노스페이스 백팩을 메고 나타났다. 여자가 먼저 오는 날도 있고, 내가 먼저 오는 날도 있다. 둘 다 스타벅스 출근 시간이 비슷한 건 분명하다. 여자도 나처럼 어제 입었던 옷을 또 입고 왔다. 가끔 나란히 앉을 때도 있는데, 차림새가 나보다 나은 건 없다. 여자는 느릿느릿 백팩 지퍼를 열어서 노트북을 꺼내고 뭉그적뭉그적 마우스와 텀블러를 꺼낸다. 어찌나 느려 터졌는지 대신 꺼내주고 싶다. 모든 게 슬로모션이다. 장비를 다 챙기고 나면 이번에는 스마트폰을 한참 들여다본다. 주문을 하려는 거겠지. 매일 오면서 뭘 그렇게 고를까. 스벅은 아아(아이스 아메리카노)지. 뭘 골랐는지 텀블러를 갖다주러 간다. 별에 집착이 강한 것으로 추정된다.

이 매장은 다 좋은데 화장실이 밖에 있어서 나가기 귀찮다. 갈 때마다 내 보물인 비닐봉지를 들고 갈지 말지 갈등하는 것도 귀찮다. 남들에게는 하찮을지 모르지만, 없는 돈 털어서 산 소중한 과자들이다. 이걸 두고 가면 저 없어 보이는 여자가 한 봉지 가져갈지도 모른다. 단골끼리 한 봉지 줄 수도 있지만, 여자는 시선이 마주쳐도 눈인사조차 하지 않는다. 정이 안 간다. 오늘도 화장실 갈 때마다 비닐봉지를 들고 다녔다. 나이를 먹을수록 오줌은 왜 이렇게 자주 마려운지.

오오, 쓸데없는 창작하다 시간이 다 갔다. 집에 가야지. 고개 들다가 초로의 언니와 또 눈이 마주쳤다. 뜨끔. 자기 이야기하는 게 텔레파시로 전해진 건 아니겠지.

사이렌오더 주문을 잘못했다

오늘의 음료 포멜로 플로우 그린티

아침부터 여기저기 관공서 볼일을 보느라 돌아다
녔더니 허기가 졌다. 집에 그냥 갈까 하다 무거운 노트
북 가방을 메고 다닌 게 아까워서 원래의 계획대로 스
타벅스에 갔다. 자리에 앉자마자 사이렌오더로 에그
베이컨 토스트와 포멜로 플로우 그린티를 주문했다.
카운터에 텀블러를 갖다주러 갔더니, 주문이 들어오지
않았단다. 오잉, 그럴리가요. '주문 확인 중입니다' 화
면을 보여주자, "아, 네" 하고 준비하겠다고 한다.

사이렌오더에 14번째 주문이라고 알림이 떴다. 새로 온 손님도 안 보이는데 그렇게 밀렸다고? 의아하게 생각하며 2층으로 올라갔다. 잠시 후, 파트너가 오더니 "○○역점으로 주문한 것 맞으세요?" 하고 내게 물었다. '당연하죠'라고 생각하며 주문 내역을 확인해 보니, 하하하…. 길 건너편에 있는 ○○사거리점에 주문했네. 허기 탓이다.

지하철역을 내려가서 건너편 매장으로 열나게 뛰었다. 그나마 가까워서 다행이다. 정하는 완전히 다른 동네에 주문해서 음료를 날린 적이 있다. 언젠가 당근마켓에서는 주문을 잘못했다고 아무나 가서 자기 닉네임 대고 받아먹으라는 글도 올라왔었다. 동병상련의 동네 사람들. 사이렌오더를 하고 1시간 안에 찾아가지 않으면 음료는 폐기한다고 한다. 그 시간 안에 간들 음료는 다 식었을 테고, 가지러 가는 노동력과 교통비를 생각하면 포기하는 게 낫다.

길 건너편 매장에 도착하니 토스트는 카운터에서 식어가고 있었지만, 다행히 음료는 개인컵으로 주문해서 만들지 않고 있었다. 토스트를 다시 데워달라고 할까 하다가 멍청한 짓한 벌로 그냥 먹기로 했다. 음료와 토스트를 먹고 나니 관공서를 돌아다니던 긴장도 풀리고, 지하철 계단을 열나게 뛴 터라 다리도 풀리고, 배도 부르고 졸음이 밀려왔다. 꺼낸 지 얼마 안 된 노트북을 다시 가방에 넣어야만 했다. 주문을 제대로 했더라면 이렇게 지치지 않았을 텐데. '세수하러 왔다가 물만 먹고 가는' 토끼처럼 일하러 갔다가 토스트만 먹고 집에 왔다.

　별로 긍정적인 사람은 아니지만, 실수를 하면 자책하기보다 좋은 경험을 했다고 다독이는 편이다. 금전적 손실이 발생하는 실수라 해도 더 큰 금액이 아니어서 다행이라고 애써 진정한다. 오늘 일로 인해 앞으로 사이렌오더 주문을 더욱 신중히 하게 될 테니 유의미한 실수였다. 노트북 갖고 나가는 걸 잊어버릴까봐 어젯밤 자기 전부터 가방 챙겨놓은 게 무의미해졌지만.

남자끼리 하는 사랑

오늘의 음료 아이스 라일락 블라썸티

집에서 일할까 하다가, 사용 기한이 촉박하게 남은 무료 쿠폰을 쓰기 위해 스타벅스에 왔다. 무료 쿠폰은 아무 음료나 주문할 수 있어서 가장 비싼 봄딸기 라떼(무려 6900원)를 주문하려고 했더니 사용불가였다. 그래, 스타벅스라고 땅 팔아서 장사하는 것도 아닌데.

어제만 해도 따뜻해서 진짜 봄인가 했더니 다시 추워졌다. 해마다 봄은 한 번도 쉽게 오는 법이 없다. 쉽게 오면 봄의 고마움을 모를까봐 그런가. 봄이라는 계절을 좋아하지 않아서 딱히 기다리는 것도 아닌데, 봄이 저 혼자 밀당하고 있다. 내 인생에나 봄이 왔으면.

앞에 앉은 젊은 남성 두 사람은 한창 봄이었다. 마주보는 눈빛에 꿀이 뚝뚝 흐른다. 연인 사이인 모양이다. 머리칼도 가지런히 해주고 뺨도 쓰다듬어주고 테이블 너머로 뽀뽀도 하고 난리 났다. 아마도 사랑에 빠진 지 얼마 되지 않았나 보다. 남남 커플도 여여 커플도 남녀 커플도 노소 커플도 사랑을 시작할 때는 그렇더라. 상대가 예쁘고 사랑스럽고 보듬어주고 싶어서 주위 시선을 아랑곳하지 않는다.

나도 젊을 때 그랬던가. 연애와는 별로 인연이 없는 청춘이었지만, 나름대로 첫사랑이란 게 있긴 하다. 청동기 시대였나 싶을 만큼 가물거리네. 기억에 남는 건, 첫사랑 상대가 아니라 데이트 할 때 희한하게도 주변 사람들이 블러 처리한 것처럼 부옇게 보였던 현상이다. 장소가 도쿄여서 그랬는지도 모르겠지만, '연애를 하면 사람들이 보이지 않는구나' 하고 신기해했던 기억이 난다. 그래서 지금도 지하철이나 공공장소에서 애정행각 하는 사람들을 보면, '아, 우리가 블러 처리

됐구나' 하고 생각한다. 대단한 연애 스토리가 나오는 줄 아셨다면 죄송합니다.

나도 새마을운동 시절에 초등학교를 다니고, 보수적인 고장에서 중고등학교 시절을 보낸 사람이라 동성 간의 연애를 처음부터 자연스럽게 본 건 아니었다. 그런데 젊은 작가들의 소설에서 자주 접하다 보니 '동성애나 이성애나 가슴 설레고 심장 뛰는 사랑인 건 다 똑같구나' 하고 이해하게 됐다.

요전에 번역한 5인의 연작 단편집 《호로요이의 시간》에서는 다섯 편의 단편 중 두 편에 동성연애, 동성 부부 이야기가 나온다. 이제는 이렇게 흔한 주변의 이야기가 됐다. 간략하게 한 편만 소개하자면, 싱글로 사는 초로의 이모가 이따금 꺼내 보는 오래된 타인의 결혼사진. 조카는 그 사진이 이모가 좋아했던 사람의 결혼사진이라는 걸 눈치챘다. '좋아했던 사람이 다른 사람과 결혼했구나. 그 사람을 못 잊어서 이모는 결혼하지 않았구나'라고 생각한 조카는 이제 노인이 되었을 사진 속의 사람을 찾아간다. 그리고 그곳에서 이모가 평생 마음에 두었던 사람은 사진 속의 '신랑'이 아니라 '신부'였다는 사실을 알게 된다. 지고지순한 감정을 나눈 두 사람이 할머니라는 사실에 전혀 위화감이 생기지 않는 스토리였다.

아, 내 앞의 두 젊은이에게 나는 또 블러 처리된 것 같다. 점점 애정행각이 짙어진다.

예, 예쁜 사랑 하세요….

당근인데요

　최근에 우리 집에서 374미터 떨어진 곳에 새로운 스타벅스 매장이 문을 열었다. 가까운 곳에 스벅이 생겨서 무척 기뻤다. 그러나 한두 번 간 뒤로는 나도 모르게 1킬로미터 떨어진 스타벅스로 발길이 향한다. 새 스타벅스에는 손님이 많다. 이 동네 사람들은 스타벅스 없이 어떻게 살았나 싶을 정도로 붐빈다. 1시 이전에 모든 토스트와 샌드위치 종류가 품절될 정도다. 오픈발 떨어지고 분위기가 좀 차분해지면 가야겠다. 몇 달 걸리려나.

그래서 오늘도 구 스타벅스의 스터디 데스크 옆 2인석 테이블에 자리를 잡았다. 그리고 4월 신메뉴인 딸기 드림 말차 라떼를 주문했다. 말차는 내가 좋아하는 메뉴고 딸기 우유는 좋아하지 않지만, 일단 시켜보았다. 음, 말차 맛 나는 크리미한 딸기 우유였다. 딸기 맛 나는 말차 우유인가. 딸기와 말차가 어쩌다 스벅에서 만났을까. 맛은 괜찮다.

'에코별 챌린지'로 에코별 여섯 개를 모으면 손수건을 준다고 하는데 다 모았다. 핑크와 초록 손수건 중 하나를 선택하라는데, '스벅은 초록이지' 하고 초록색 손수건을 신청했다. 손수건을 별로 쓸 일은 없겠지만, 무료니까 받아야지.

내 자리 옆 기다란 스터디 데스크에 젊은 여성 둘이 떨어져 앉아서 공부를 하고 있었다. 아, 나 저 사람들 안다. 어젯밤, 당근마켓 커뮤니티에서 "○○역 스벅에서 같이 공부하실 분?" 하고 올라온 글을 봤다. 그 스벅이 바로 이곳이고 나도 올 계획이었지만, 같이 공부할 생각은 당연히 없었다. 한 명이 "저요, 저요. 7출이요, 1출이요?" 하고 댓글을 달았다. 글 올린 사람이 "7출이요"라고 했다. 7출은 7번 출구 스타벅스, 1출은 1번 출구 스타벅스를 말하는 것이었을 터. 나는 '구 스타벅스, 새 스타벅스'로 두 곳을 지칭했는데, 그걸 단네 글자로 줄이네. 젊은이들 언어생활은 참으로 경제적이다. 두 사람은 "당근인데요" 하고 만났을까.

당근마켓에는 카페에 같이 갈 스터디 메이트 찾는 글이 자주 올라온다. 새로운 젊은이들 문화가 신기하다. 예전에는 당근 커뮤니티에 '강아지, 고양이를 잃어버렸어요' 혹은 '발견했어요'라는 글, '변기가 막혔어요' '바퀴벌레 좀 잡아주세요' 같은 글, 혹은 사소한 신세 한탄 정도 올라왔다. 그런데 MBC 〈놀면 뭐하니?〉에서 당근 커뮤니티를 통해 접선하는 걸 다룬 뒤로, 이런 만남 글이 부쩍 늘어났다. 혼자 공부하다 보면 휴대폰도 많이 하고 집중이 흐트러지니 서로 견제할 사람을 원하는 것 같다.

하지만, '이상한 사람이 나와서 그날 공부 망치면 어떡하지?' 걱정이 되는 건 그들의 부모 나이여서일까. 하긴 40대는 40대대로, 50대는 50대대로 같이 식사할 사람, 술 마실 사람, 산책할 사람 찾는 글을 올린다. 믿고 살아야 할 세상에서 나만 불신 지옥에 사는 건가. 겁이 많아서 앞으로 더 신실한 불신 지옥에 빠져 살 것 같지만.

다, 다리 꼬지 마

오늘의 음료 딸기 딜라이트 요거트 블렌디드

노트북 켜고 음료를 받아와서 인증샷 한 장 찍고 (나름대로 의식이자 기록이다), 작업을 시작하며 습관적으로 다리를 꼬았다…가 얼른 풀었다. 다리 꼬는 자세가 척추에 그렇게 나쁘다고 한다. 그 사실을 초등학생 때 알았더라면 좋았을걸 쉰이 훨씬 넘어서 알았다. 다리 꼬는 것보다 더 나쁜 건 발을 꼬는 거라고 한다. 10년 전, 악동뮤지션이 오디션에서 '다, 다리 꼬지 마'를 부를 때라도 알았으면 좋았을 텐데. 내 척추 괜찮을까. 요즘은 의식적으로 다리를 꼬지 않으려고 애쓰지만, 학교 다닐 때부터 꼬는 버릇이 들어서 고치기가 어렵다. 아무래도 여든까지 꼬지 않을까.

그런데 스타벅스에서 일하다 위대한 발견을 했다. 내가 다리를 꼬는 것은 신체 구조상 어쩔 수 없는 일이란 사실. 다리가 짧다. 너무 짧아서 바닥에 잘 닿지 않아 불편하니 꼬는 것이었다. 내 몸에 별로 관심이 없어서 다리가 짧다는 사실을 이제 깨달았다는 게 놀랍다. 팔이 짧은 것은 일찍이 알았다. 정하와 나는 옷을 같이 입는데, 하루는 정하가 소매를 내리며 툴툴거렸다.

"엄마는 왜 소매를 다 접어서 입어?"

그래서 알게 됐다. 팔이 짧다는 걸. 내 팔 길이는 정상인데 정하가 긴 것일 수도 있다.

사람들은 몸도 그렇고, 성격도 그렇고, 자기 자신이 너무 가까이에 있어서 보지 못할 때가 많다. 누군가가 나를 평가하면 '너는 역시 나를 모르는구나'라고 생각하지만, 어쩌면 그가 보는 내 모습이 진짜 나일 수도 있다. 내 속엔 내가 너무나 많고, 나는 보고 싶은 나만 보며 살아가니까.

　　점심시간이 된 모양이다. 직장인들이 줄줄이 들어왔다. 점심시간의 직장인 무리는 늘 활기차고 즐거워 보인다. 부부싸움하고 출근한 사람도 있을 테고, 오전에 상사에게 혼난 사람도 있을 테고, 최근에 실연한 사람도 있을 테고, 집안에 우환 있는 사람도 있을 테고, 알고 보면 저마다 애환이 있을 텐데. 저 밝은 이들에게 자리를 비워줘야겠다고 가방을 챙기며 다리를 풀었다. 언제 또 꼬고 앉았냐.

옆자리에 이웃이 앉았다

오늘의 음료 아이스 라일락 블라썸 티

봄 신메뉴 아이스 라일락 블라썸 티. 3단 그러데이션이 예쁘다고 소문났던데, 텀블러 속에 그 자태를 감추어 안타깝게도 너의 아름다움을 보지 못했구나.

'라일락의 보랏빛을 품은 캐모마일과 민트 블렌딩 티 베리에이션 음료. 아카시아 꿀 같은 달콤함과 허브향의 조화가 라일락꽃을 떠오르게 하며, 알로에 젤리를 섞으면 꽃잎이 흩날리는 모습을 볼 수 있습니다'라고 이번에도 한 편의 시 같은 제품 설명. 긴 설명

싫어하는 분들을 위해 한 줄 요약하자면, 알로에 젤리가 동동 떠 있는 아카시아향 나는 보라색 음료라는 말이다.

아침형 인간 코스프레를 하며 일찍 일어나 동네 스타벅스에 왔다. 일찍 오면 마음에 드는 자리에 앉을 수 있어서 좋고 붐비기 전에 집에 가서 좋다. 고요한 스벅의 아침 분위기가 좋아서 일은 하지 않고 내내 휴대폰만 보다가, 드디어 일을 시작했는데. 맙소사. 하필 그때 옆자리에 앉는 두 사람, 605호와 703호. 우리 건물 운영위원이다. 그들은 나를 알아보지 못했다. 설마 옆에서 노트북으로 작업하는 젊은이(그렇다 치자)가 503호 아줌마일 줄 상상이라도 했겠는가. 모르는 척 있을까 다른 자리로 갈까 좌불안석. 하지만, 1미터도 떨어지지 않은 소파석에 나란히 앉아서 나를 알아보는 건 시간문제다. 그래서 옆에 앉은 605호님 팔을 살짝 건드리며 "안녕하세요" 인사했다.

두 분, 뭔가 중하게 할 얘기가 있어서 왔을 텐데 옆에 이웃 주민이 있으면 대화하기 곤란할 것 같아서, 옆옆 자리로 옮겼다. 언젠가 한 번은 이곳에서 이웃 주민과 마주치는 일이 있지 않을까 했지만, 바로 옆자리에서 마주칠 줄이야.

자리를 옮겨도, 여전히 마음이 안정되지 않고 신경 쓰이는 INFP. 문고본의 자잘한 일본어가 눈에 들어오지 않았다. 할 수 없이 길 건너 도서관에나 가서 일하려고 나왔다. 그러나 가는 날은 언제나 장날, 도서관에 갔더니 정기휴관일이어서 그냥 집으로 돌아갔다는 슬픈 이야기입니다.

법륜스님 덕후들의 대화

오늘의 음료 제주 유기농 녹차

올해 건강검진을 받았는데 당 수치가 아슬아슬. 별에 눈이 멀어 달콤한 신메뉴를 매일 마셔서 그런 게 분명하다. 추가별을 주는 기간이지만, 물욕을 버리고 녹차를 주문했다. 녹차에는 아주 실한 녹차잎 티백이 들어 있다. 티백은 3분 뒤에 꺼내라고 쓰여 있다. 그러나 꺼낸 뒤에는 놓을 데가 없으니 매번 물 뚝뚝 흐르는 뜨거운 티백을 손바닥으로 받치고 쓰레기통까지 버리러 갔다. 모든 것이 모던한 스벅에서 이건 개선해야 하지 않을까, 녹차 단골로서 늘 생각했었다.

그런데 얼마 전에 스타벅스 Y역점에 갔더니 "티백 놓을 소서 드릴까요?" 하고 파트너가 소서를 꺼냈다. 와, 이 서비스 무엇. 이게 가능한 건데 우리 동네 스벅들은 지금까지 단 한 번도 그런 말을 해주지 않은 건가. 접시 하나 더 씻자면 물 한 방울이라도 더 소비해야 하니 소서를 사양했지만, 챙겨주는 배려에 감동했다.

Y역점에는 텀블러 세척기도 있다. 한번은 사이렌 오더로 주문한 뒤 카운터에 텀블러를 갖다주려고 뚜껑을 열었다가 깜짝 놀랐다. 씻지 않은 텀블러를 갖고 온 것이다. 다른 매장이었으면 매장 컵으로 다시 주문했을 텐데, 텀블러 세척기가 있어서 얼른 씻었다. 언젠가 기사를 본 적이 있다. 사용한 텀블러를 갖고 와서 직원에게 씻어서 음료를 달라고 하는 진상들 때문에 텀블러 세척기를 설치하는 곳도 있다는. 그 진상들 덕을 내가 톡톡히 본 것 같다. 아주 편리한 문물이었다.

번뇌가 많은 요즘이라 따뜻한 녹차를 마시며 마음을 정화하는데, 옆 테이블에 앉은 분들 얘기 소리가 들렸다.

"유튜브에서 법륜스님 강연을 자주 듣는데, 스님 말씀대로만 살면 세상에 고민 거리가 하나도 없을 것 같아."

"어머, 나도 법륜스님 유튜브 구독하는데! 맞아, 법륜스님은 심각한 주제를 아주 가볍게, 현명하게 대답하시지."

학부모 사이인 듯한 두 사람은 서로가 법륜스님 덕후(?)라는 것을 알게 되자, 그때까지 하던 자식과 남편 뒷담화를 끝내고, 법륜스님 얘기로 불타올랐다. 인상 깊은 문답에 관한 얘기가 끝이 없다. 그들이 얘기하는 법륜스님의 인생 해법을 들으며 녹차를 마시는 분위기도 괜찮았다. 나도 가끔 알고리즘으로 뜨는 법륜스님 영상을 본 적이 있지만, 속세의 때가 묻어서인지 그 해법에 이의를 제기하게 된다. 스님은 사람들의 고민을 듣고 간단하게 해법을 제시하지만, '오뇌와 번민이 그렇게 말씀처럼 간단히 풀린다면 도 닦는 스님이지 일반인이겠어요⋯' 하고. 그러나 지금 옆에 앉은 분들은 같은 말씀을 듣고도 크게 공감하고 깨달음을 얻고 있다. 아무래도 요즘 스트레스가 많아서 내가 꼬였나 보다. 사람과 세상에 대해 자꾸 삐딱해진다. 선해지자 선해지자. 관세음보살 나무아미타불.

당근과 불금

오늘의 음료 딸기 드림 말차 라떼

갑자기 귀차니즘이 도래하는 날이 있다. 오늘이 그런 날이다. 그래서 집에서 일하기로 했는데, 역시 진도가 나가지 않는다. 차라리 소파에서 뒹굴거렸거나 책이라도 읽었으면 시간이 아깝지나 않을 텐데, 종일 책상 앞에서 '지금이라도 스타벅스에 갈까' 갈등만 하다 보니 초저녁이 됐다. 결국 나가기를 포기하고 휴대폰을 들고 누웠다. '스타벅스 기프티콘이나 구입할까' 하고 당근마켓을 클릭. 클릭하자마자 막 올라온 물건에 마음이 솔깃해졌다. '시골에서 어머니가 보내준 들기름'이란다. 소주병에 든 들기름 한 병에 1만 2000원. 들기름으로 묵은지 볶음하면 맛있는데. 얼른 "제가 살게요. 두 병 살게요" 하고 챗을 보냈다. 한 병은 엄마 줘야지.

판매자와는 곧바로 만나기로 했다. 그가 지정한 장소는 스타벅스와 가까웠다. 잘됐다, 나간 길에 스타벅스에 가서 일해야지. 그래서 노트북 가방을 메고 약속 장소에 나갔다. 버스 정류장 근처이고 퇴근하는 사람들이 많아서 누가 당근하는 사람인지 알 수가 없었다.

"어디 계세요?" 하고 챗을 보내고 두리번거리는데, 2차선 도로 건너에서 60대(혹은 그 이상) 아저씨가 까만 비닐봉지를 흔들며 "당근??" 하고 소리쳤다. 아아, 쪽팔려. 버스 정류장 사람들 시선이 일제히 나와 아저씨 사이를 미어캣처럼 오갔다.

충동적으로 당근을 했던 나를 저주하며 들기름 소주병이 두 병 든 까만 비닐봉지를 가방에 넣고 얼른 그 자리를 떠났다. 미어캣들의 시선에 등짝이 100도로 타오르는 것 같았다. 소주병 두 병은 걸을 때마다 달그락 소리를 냈다.

그래도 그 덕분에 스타벅스에 왔다. 퇴근 시간이라 북적거리기 시작했지만, 구석 자리에 앉아서《어느 날 마음속에 나무를 심었다》최종 교정을 보았다. 정하가 나무한테 편지 쓴 대목에서 또 울컥했다.

저녁 시간에 스타벅스 오는 일은 거의 없어서 잘 몰랐는데 점심 시간은 비교도 되지 않게 시끄럽다. 급히 오느라 이어폰도 챙기지 못했는데…. 평소에는 일에 집중하면 아무리 시끄러워도 소리가 잘 들리지 않는데, 시간이 갈수록 견딜 수 있는 수준을 넘어섰다. 그제야 고개를 들고 주위를 둘러보니 이건 스타벅스가 아니라 완전 호프집 분위기다. 유재석 님이 자기는 커피를 마시면서도 술 마실 때처럼 유쾌하게 놀 수 있다고 하더니 그 말이 이런 것이었네. 와우.

'저녁의 스타벅스는 원래 이런가' 생각하다 보니 오늘 불금이다. 불금인 줄 알았으면 오지 않았을 텐데. 불금 저녁의 스타벅스에는 호프집처럼 떠드는 젊은이들과 공부하는 젊은이들이 공존하고 있었다. 마음속으로 공부하는 젊은이들에게 파이팅을 외치고, 가방 속의 들기름 두 병이 서로 부딪치다 깨지지 않게 어기적 어기적 걸어나왔다. 그래도 종일 집에서 한 일보다 훨씬 많이 했다. 당근 아저씨 감사해요. 불금 저녁에 들기름을 팔아주어서.

꽃다발 같은 사랑을 했다

오늘의 음료 민트 초코칩 블렌디드

5월 신메뉴로 민트 초코칩 블렌디드가 나왔다. 민초단들이 엄청 좋아하는 것 같다. 나는 배스킨라빈스에서 아이스크림을 고르라면 민트 초콜릿을 가장 먼저 고르는 편이지만, 민초단이라 할 정도는 아니다.

이 음료의 맛은 오늘 번역한 소설과도 잘 어울렸다. 《꽃다발 같은 사랑을 했다》라는 일본 소설이다. 영화로 먼저 소개됐고, 후에 영화 그대로 소설이 출간됐다. 전철 막차를 놓치는 바람에 만나게 된 스물한 살

대학생 무기와 키누의 설레는 연애 이야기다.

꽃다발이란 받을 때는 무척 기쁘다. 꽃병에 꽂아 두고 며칠 열심히 물 갈아주며 감상을 한다. 그러나 어느새 서서히 잊히고 서서히 시든다. 드라이플라워로 만들어서 간직하는 사람도 있지만, 그마저도 어딘가에 방치됐다가 먼지만 쌓인 채 버려진다. 꽃다발 같은 사랑은 부질없다고 생각하는 건 연애 세포가 화석이 된 아줌마여서겠지.

마침 오늘 번역한 페이지에 스타벅스가 등장했다. 스타벅스에서 번역 작업을 하는데 스타벅스 얘기가 나오면 괜히 반갑다. '나도 지금 스타벅스야' 하는 기분. 소설 속에서 취준생이 된 주인공 커플이 함께 사는 집은 역에서 걸어서 30분. 두 사람은 버스를 타는 대신 스타벅스 커피를 테이크아웃해서 마시며 집까지 걸어가는 게 큰 즐거움이었다. 그러나 부모님의 생활비 지원이 끊겨, 스타벅스 커피는 편의점 커피로 바뀐다. 참고로 일본은 스타벅스를 줄여서 '스타바'라고 부른다. '스타바 커피'를 마시지 못하게 된 두 사람은 한동안 의기소침했지만, 드디어 취업하여 다시 스타바 커피를 마시며 귀가한다. 남자는 "나의 목표는 너와의 현상유지야"라고 늘 말했지만, 꽃다발을 현상 유지하긴 어려웠다.

　오랜만에 마음이 말랑말랑해지는 연애 소설을 번역하는데, 옆 테이블에서는 내 또래 중년 여성들이 수다를 떨고 있었다. '누구네 남편 바람피운다더라' '내 남편도 바람피웠다' '세상에 바람피우지 않는 놈은 없다' 주로 그런 화제여서 점점 목소리가 커졌다. 목소리 커질 수밖에 없는 화제이긴 하다. 꽃다발 같은 사랑은 결국 만지자마자 바스러지는 드라이플라워의 말로를 맞이한 것이다.

●　《꽃다발 같은 사랑을 했다》, 사카모토 유지 지음·권남희 옮김, 아웃사이트

동안 부심

오늘의 음료 퍼플 드링크 위드 망고 용과 스타벅스 리프레셔

이름이 길다. 노란색 망고 칩이 들어 있고 용과 맛이 살짝 나는 보라색 에너지 부스팅 음료다. 이름에 재료가 다 들어 있어서 따로 설명할 게 없다. 망고 칩은 의외로 맛있지만, 운이 좋아야 굵은 빨대 속으로 들어온다. 빨대로 일일이 건져 먹자니 이 나이에 구차해 보인다. 더 잘게 해서 빨대로 먹을 수 있게 하거나 아예 넣지 않으면 좋겠지만, 다른 사람들은 잘 건져 먹겠지.

앞자리에 슈트 입은 남성 둘이 와서 앉았다. 주위 건물에 강연하러 온 모양이다. 서로 "강연 잘하시던데요" 하고 칭찬한다. 자리에 앉자마자 좀 더 나이 들어 보이는 분이 상대에게 "실례지만 몇 살이세요?" 하고 물었다. 상대는 살짝 당황했지만, 만으로 몇 살이라고 대답했다.

"아, 저보다 적으시네요. 제가 동안이어서 어려 보이긴 하는데 이래 봬도 마흔두 살입니다."

오, 신선하다. 동안 부심 있는 남성은 처음 봤다. 그걸 자기 입으로 말하는 사람도 처음 봤다. 마흔서너 살로 보이는데.

그러나 동안 부심 가진 분을 저격하기에는 좀 찔린다. 나도 한때 동안 부심이 있었다. 근거 없는 동안 부심은 아니었다. 부친, 모친 모두 실제 나이보다 10년 이상 젊어 보이는 분들이었다. 일단 부모님은 얼굴에 주름이 없었다. 엄마의 이마는 와상환자인 지금도 팽팽하다. 그 감사한 유전자를 물려받았다. 아무리 그렇다고 해도 남이 "동안이시네요" 칭찬하면 본인은 "아니옵니다" 하고 겸손을 떠는 게 정상이다. 그래야 주고 받는 덕담으로 훈훈하게 지나가는데, 본인도 동안이라고 인정하는 순간 분위기는 말할 수 없이 역겨워진다.

철없던 시절(근래까지도 철이 없었다)의 나는 "정말 동안이세요"라고 하면 "그쵸"라고 대답했다. 역겨워서 한 대 치고 싶었을 것 같다. 안 맞고 산 게 용하다. 요즘은 "동안이세요"라고 하면, "아니에요. 엄마 간병으로 고생해서 몇 달 사이에 폭삭 늙었어요"라고 대답한다. 그러나 이 대답도 재수 없긴 마찬가지일 것 같다. 폭삭 늙은 얼굴에 주름 하나 없으면 주름 있는 나보다 어린 상대방은 어쩌란 것인가.

김연아 님이 〈유 퀴즈 온 더 블럭〉에서 그랬다. 사람들이 예쁘다고 할 때 "감사합니다"라고 하면 예쁘다는 걸 인정하는 것 같아서 뭐라고 해야 할지 모르겠다고. 그런 기분이다. 상대방이 "동안이세요" 하고 칭찬, 혹은 빈말을 할 때 뭐라고 해야 할지 모르겠다. 이제야 "동안이세요" 하는 말에 긍정하는 게 얼마나 재수 없는 건지 깨달았다. 어제도 정하가 엄마는 너무 젊어 보인다고 말해서 잠시 갈등했다. 아무리 딸이지만, 내가 수긍하면 재수 없겠지. 그래서 "엄마가 철이 안 들어서 그래 보일 거야"라고 겸손하게 말했다.

그런데 앞자리 남성분, 객관적으로 절대 동안이 아닌데 동안이라고 자처해서 한때 동안 부심 있던 선배로서 내가 다 민망하네. 대체 누가 이분에게 동안이라고 몹쓸 칭찬을 해준 걸까.

선생님과 케이크

오늘의 음료 핑크 드링크 위드 딸기 아사이 스타벅스 리프레셔

오늘 마신 핑크 드링크 위드 딸기 아사이 스타벅스 리프레셔는 현재 스타벅스에서 파는 음료 중 가장 이름이 길지 않을까. 할 일 없이 글자 수를 세어 보니 20자다. 스트로베리와 아사이베리가 들어간 핑크색 음료다. 나야 사이렌오더로 주문하니 글자 수는 별문제가 없지만, 카운터에서 주문한다면 "핑크 드링크 위드 딸기 아사이 스타벅스 리프레셔 한 잔 주세요"라고 길게 말해야 하겠지. "아아 주세요"라고 줄여 말하는 현

대인에게 얼마나 팔만대장경 같은 이름인가.

이름이 길고 색깔이 고운 이 음료에는 딸기 슬라이스가 들어 있다. 퍼플 드링크 위드 망고 용과 스타벅스 리프레셔의 망고 칩처럼 운 좋으면 굵은 빨대 속으로 들어오고 아니면 빨대로 건져 먹어야 한다. 역시 없어 보이므로 일일이 건져 먹진 않는다.

중고등학생 기말고사가 끝난 모양이다. 발랄한 고등학생 네 명이 앞 테이블에서 놀고 있다. 저 나이 때 아이들은 친구들과 있을 때는 저렇게 높은 데시벨로 밝게 떠들다가 집에 가면 어둠의 자식처럼 입을 다문다. 그래서 학생들 떠드는 소리는 시끄럽게 느껴지지 않는다. '아, 밝은 세상에 있는 타임이구나' 생각한다. 지나고 보니 아이들은 나이마다 나타나는 특징이 있었다. '지금은 세상에서 부모가 가장 좋은 시기여서 이렇게 달라붙는구나' '지금은 부모보다 친구가 좋은 시기여서 관심이 없구나' '이유 없이 부모가 싫은 시기여서 차갑구나'. 그 당시에 깨달았더라면 자식을 좀 더 이해할 수 있었을 테지만, 삶이란 라이브여서 되돌릴 수도 없고, NG 내고 다시 할 수도 없으니 안타까울 따름.

젊은 여성 한 명이 매장으로 들어오자, 아이들이 "우왕! 선생님!" 하며 반겼다. '선생님'이 다가가니 아이들이 선생님에게 시험 망한 이야기를 하며 웃는다. 얼마 만에 보는 선생님과 학생 모습인가. 우리 때 같으면 선생님을 발견했을 때 자리에서 벌떡 일어나 인사했을 테지만, 앉아서 편히 맞이하는 모습에 위화감이 없다. 동네 언니 만나서 즐거워하는 분위기다.

선생님이 "너희 케이크 사줄까? 한 명만 따라와서 케이크 두 개 골라봐" 하니 아이들이 환호를 지른다. 스타벅스에서 이보다 기쁜 선물도 없지. 인사만 하고 지나가도 될 텐데 시험 끝난 아이들에게 케이크를 사주고 가시는 예쁜 선생님. 세상이 아무리 변해도 부디 선생님과 학생 사이만은 사랑과 존경으로 지켜지게 해주세요.

카공족

오늘은 집에서 쓰는 스타벅스 일기.

이 몸이 코로나에 점령당해서 격리 중이다. 자기가 아파봐야 남 사정을 알게 된다. '지인이 코로나 걸렸다고 하면 피자나 치킨 기프티콘 보내주었던 것이 생무식한 짓이었구나' 하는 걸 깨달았다. 피자, 치킨이라니, 생각만 해도 토할 것 같다. 죽도 먹기 싫고 아무것도 먹기 싫다. 포카리스웨트 같은 이온 음료와 딸기, 바나나 같은 부드러운 과일로 간신히 연명했다. 코로

나가 이렇게 아픈 줄 몰랐다. 거짓말 보태지 않고, 출산할 때 이후 가장 아팠다. 엄마 간병 하느라 6킬로그램이 빠진 상태에서 걸린 코로나여서 더 아픈지도 모르겠다. 몸만 아픈 게 아니라 마음도 많이 아파서 머리에 죽음이란 단어만 가득해졌다.

일주일이 지나니 이제야 좀 정신이 들어서 모처럼 노트북을 켜고 인터넷을 둘러보았다. 어느 익명 게시판에서 '카공족'이 논란이 되고 있었다. 나도 카페에서 일하는 사람이어서 카공족 얘기가 나올 때마다 뜨끔하다. 물론 스타벅스는 전 세계에서 공식적으로 '그래도 되는' 곳이고, '그래서 스타벅스'이므로 그곳에서 2, 3시간 일하는 것에 양심의 가책을 느끼진 않는다. 그렇다고 미안함을 느끼지 않는 것도 아니다. 스타벅스 매장 측에 대한 미안함은 아니다. 자리가 없어서 돌아가는 중장년층 손님, 아기 데리고 온 손님, 공부하러 온 학생 손님을 발견한 순간, 한없이 불편해진다. 그럴 때는 1시간 이상 있었다 싶으면 얼른 일어나서 "여기 앉으세요" 하고 후다닥 짐을 싼다.

이런 이야기를 하면 정하는 스타벅스에서는 괜찮다고 무시하고 일하라고 한다. 그러나 그게 되지 않는 것은 모처럼 친구 만나서 스타벅스에 온 또래 중장년의 마음을 아니까 미안하기 때문이다. 아기, 키워봤잖아. 육아에 지쳐서 쉬고 싶은 그 마음 아니까 미안하고, 젊은이들 공부하러 왔는데 학부모보다 나이 많은 사람이 자리 차지하고 있는 게 미안하다.

그래서 매장에 슬슬 자리가 없어져간다 싶으면 정리하고 돌아온다. 소심한 내게는 스타벅스가 그나마 작업이 가능한 카페다. 다른 카페에서는 작업할 생각을 해본 적도 없다. 카공족 논쟁이 벌어지는 글에는 스타벅스에서 진을 치고 있는 카공족들이 꼴 보기 싫다는 댓글도 많았다. 스타벅스는 땅 팔아서 장사하느냐는 사람도 있다. 아니, 서민이 스타벅스 장사 밑질까봐 걱정하는 건가요.

스타벅스에서 즐겨 일하면서 보니 카공족도 많지만, 테이크아웃 하는 고객도 많더라. 쌤쌤이지 않나. 그리고 카공족은 언젠가 취업해서 직장인이 되어 테이크아웃을 하러 올 것이다. 정작 스타벅스 매장 측이

나 단골들은 카공족에 관대한데, 어쩌다 한 번 가는 사람들이 욕한다. 어쩌다 한 번 갔는데 카공족 때문에 자리가 없으면 욕 나올 만하다. 주기적으로 게시판에 등장하는 이 스타벅스 카공족 논쟁은 지구가 멸망할 때까지, 아니 카공족 때문에 스타벅스가 망할 때까지 계속될 것 같다. 과연 나는 언제까지 카공족 속에 끼어서 일하고 있을까. 호호 할머니가 되어서도 스타벅스에서 일하는 나를 상상해보았다. 오, 멋있는데?

지금 아는 것을 그때도 알았더라면

오늘의 음료 제주 유기농 녹차

    젊은 여성들의 대화가 고요한 스타벅스 매장에 울려 퍼졌다. 두 사람 다 "기차 화통 삶아 먹었냐?" 소리를 꽤 들었을 것 같다. 우렁차다. 발성이 시원시원하다. 장소에 따라 볼륨 조절이 가능하다면 그런 발성 진심으로 부럽다. 그러나 차례대로 이야기하면 좋을 텐데, 상대방 이야기를 듣기보다 자기가 한마디 더 하려고 하다 보니 오디오가 겹친다. 겹쳐서 자기 목소리가 묻힐까봐 서로 더 크게 말하다 보니 쩌렁쩌렁해진다. 그렇다고 절대 싸우는 건 아니었다. 친한 학부모 사이 같다. 오랜만에 만나서 반갑고 할 얘기는 많은데 시간은 별로 없고 그래서 쫓기듯이 얘기하는 분위기다.

두 사람은 다음에 또 보자고 이별 인사를 몇 번이나 했지만(그때마다 '이제 가는구나' 하고 설렜지만), 이내 새로운 화제를 꺼내 분위기를 초기화하여 처음 만난 것처럼 수다를 이어갔다. 나중에는 웃음이 났다. 나이를 먹을수록 스트레스가 많아지고 그 스트레스를 말로 푸느라 수다스러워진다는 글을 어디에선가 읽은 적이 있다. 과학적인 근거가 있는 말인지는 모르겠지만, 부정할 수 없다. 저 학부모들도 자식과 남편 때문에 스트레스가 많을 것이다. 그래서 이야기 주제가 자식에서 남편으로 넘어갔다가 다시 학교로 왔다가 시댁으로 갔다가.

거울을 보는 기분이었다. 대부분 수다가 이런 패턴이지 않나. 대화하다 보면 오디오가 겹칠 때가 많다. '아, 상대방이 이야기하는구나. 내 얘기 멈추고 듣자' 생각하지만, 급제동이 되지 않아서 오디오는 한동안 겹친다. 하고 싶은 얘기가 많아서 주제는 중구난방 널

뛴다. 급기야 이야기는 삼천포로 빠져 "지금 무슨 얘길 하던 중이었지?" 묻는다. 젊을 때는 의식하지 못한 대화의 문제점들을 나이 들어가며 많이 깨닫는다. 그래서 중얼거리게 된다. '지금 아는 것을 그때도 알았더라면' 하고.

재난과 자식

오늘의 음료 라이트 키위 라임 블렌디드

5월의 끝자락에 나온 여름 신메뉴, 라이트 키위 라임 블렌디드를 주문했다. 온 서울 시내에 한바탕 난리가 난 아침이어서 무조건 상큼하고 눈이 즐거운 색이 필요했다. 상큼새콤한 키위 맛과 종종 씹히는 곤약 토핑이 맛있다. 연둣빛 청량한 색깔은 텀블러 안에 가려졌지만. 한잔 마시고 나니 마음이 차분해져서 아무 일도 없었던 것처럼 일을 시작할 수 있었다. 그러나 오늘 아침 일은 복기하지 않을 수가 없네. 젠장.

이른 새벽에 대피하라는 재난 문자가 오는 바람에 강제로 기상했다. 하필 전날 밤 안연고를 넣고 자서 눈도 잘 떠지지 않는데. 눈을 비비고 또 비벼서 간신히 휴대폰을 보니 밑도 끝도 없이 대피하라는 문자다. 얼마나 다급하고 절박한 재난 상황이었으면 '왜? 어디로?'에 관한 말이 없다. 자다 일어나 어디로 대피해야 하는 걸까. 공포에 심장은 쿵쿵 뛰는데 몸은 침대에서 떨어지지 않았다. 와중에 일어나기 귀찮다. 그냥 침대에서 죽을까. 근데 무슨 일이지. 초등학교 때 배운 상식으로라면 이건 필시 '북한괴뢰군'이 쳐내려온 건데, 설마 요즘 세상에 그럴 리는 없겠지?

다시 휴대폰을 들고 동네 소식을 바로 알 수 있는 당근마켓 커뮤니티에 들어가 보았다. 다들 나처럼 누워서 휴대폰만 들여다보는 모양이다. "어떡해요?" "어디로 대피해요?" "무슨 일이에요?" 이런 글만 올라오고 있다. 나와 같은 동네 사람들을 보니 위안이 됐다. 일어나서 살금살금 창문을 열어보았다. 도로에 대피하러 나온 사람 하나 없다. 아직 출근하고 등교할 시간이 아닌 것이다. 다시 침대에 누웠을 때, 다행히 오발

송이었다는 문자가 왔다. 내 명이 3개월 20일 치는 줄었을 것 같다. 그제야 인터넷 뉴스를 보니 북한이 미사일을 쐈다네. 역시 그들이었나. 이게 실제로 피난 가야 할 상황이었다 해도 나는 '어떡하지, 어떡하지' 하며 그 자리에 꼼짝하지 않고 있다가 죽었을 것 같다. 결계에 갇히는 느낌이 들었다. '독거노인의 삶은 이런 점이 문제겠구나' 하고 처음으로 노후를 걱정했다. 아니, 두 번째구나. 몇 달 전 코로나에 걸렸을 때도 전적으로 고립돼서 혼자 아파해야 했던 코로나는 혼자 맞는 노후를 몹시 두렵게 했다.

점점 1인 가구도 늘어나는데 재난 시 그들을 위한 네트워크가 필요하지 않을까요. 스타벅스에서 라이트키위 라임 블렌디드 마시면서 제안할 얘기는 아니지만.

취준생과 어머니

오늘의 음료 디카페인 카라멜 마키아또

옆자리에 내 또래 아주머니가 혼자 앉아 있었다. 스마트폰을 보고 있지만, 1분도 집중하지 못하고 몸을 움직인다. 벽을 보고 멍하니 있는가 싶으면 밖에 나갔다 들어오기도 하고. 소파석이어서 부산함이 전해지니 덩달아 안정이 되지 않는다. 기다리는 사람이 오지 않는 걸까, 약속 시간을 때우려고 있는 걸까. 사연이 어찌됐건 얼른 아주머니도 안정을 찾았으면 좋겠다고 생각했다.

1시간이 족히 지난 뒤, 면접용 정장을 입은 젊은 여성이 그의 앞자리에 털썩 앉았다. '아하! 면접보러 간 딸을 기다리고 있었구나!' 아주머니는 잽싸게 까만 봉지를 딸에게 건넸다. 딸은 딱 봐도 아파 보이는 구두를 벗고, 봉지에서 운동화를 꺼내 갈아 신었다. 아무렇게나 벗어 던진 구두는 아주머니가 주워서 다시 봉지에 넣었다. 저 구두를 신고 면접을 보는 동안 얼마나 떨었을까. 한여름에 갑옷을 입었다 벗는 것처럼 후련하겠구나.

　낯익은 풍경이다. 너무나 낯익은 풍경이다. 나도 그런 적이 있다. 정하가 구두를 신고 첫 출근한 날, 퇴근하며 내게 메시지를 보냈다. "엄마, 발이 너무 아파. 지하철역으로 운동화 좀 갖다줘." 그래서 이분처럼 까만 봉지에 운동화를 넣어서 역으로 나간 적이 있다. 정하는 종일 구두를 신고 있어서 발꿈치가 다 까져 있었다. 그때 나도 정하가 아무렇게나 벗어 던진 구두를 까만 봉지에 주워 담으며 콧등이 시큰했던 기억이 난다.

　아주머니의 딸은 면접 무용담을 재잘재잘 늘어놓았다. 결과는 모르겠지만, 표정이 밝아서 내가 다 마음이 놓였다. 이번에는 엄마에게 종이가방을 받아들더니 화장실에 갔다. 잠시 후 경직돼 보이던 슈트 입은 사람은 사라지고 청바지 차림의 대학생 같은 사람이 나타났다.

부디 좋은 결과 있기를. 가까운 미래에 이 스타벅스에서 사원증 목에 걸고 앉아 있기를. 아주머니도 합격한 딸 안고 기뻐하시기를. 설령 이번에는 그러지 못했다 해도 조만간 그런 기쁨이 찾아오기를. 그런 시간을 먼저 지나온 엄마로서 행운을 빕니다.

3부

여름

학생

어떤 할아버지가
내 옆 테이블에 와서 앉으려고 하자,
할머니가 "학생 공부하는데 저리로 가서 앉아요" 하고
할아버지를 끌고 가셨다.

와우, 배운 할머니시네, 감사합니다.
참고로 저는 학생이 아니고 내일모레 환갑.

아버지와 아들

오늘의 음료 유자 민트티

사시사철 스타벅스 준비물 1호인 카디건을 챙기지 못했다. 여름에는 냉방 때문에 필히 챙겨야 하는데. 오는 길에는 죽도록 더웠지만, 앉은 지 얼마 되지 않아 추워진다. 에어컨 온도를 취향이 각각 다른 고객에게 맞출 수 없으니 일정 온도로 통일하는 건 당연하다. 당연하긴 한데 너무 낮다. 한여름에 유자 민트티를 주문할 정도로. 그게 따스하고 맛있게 느껴질 정도로.

따뜻한 차를 마시며 창밖에 더워서 헉헉거리는

사람들을 보고 있을 때, 앞 테이블에 두 남성이 와서 앉았다. 20대로 보이는 청년과 그의 아버지인 듯했다. 아버지는 드라마 속 이순재 님 같은 이미지다. 독불장군. '내 말에 토 달지 마'. 이런 가부장적인 아버지. 그러나 아들도 '네네, 아버지' 하는 스타일은 아닌 듯 아버지의 문제점을 거침없이 지적했다. 어릴 때는 무서운 아버지한테 맞고 컸다고 하는데, 이제 자기도 어른이 됐다고 할 말 또박또박 잘하고 있다.

"아빠는 늘 남들 앞에서는 자상한 척 '네 생각 다 안다, 이해한다' 그러고 저한테는 '그러나 내가 안 바뀔 거라는 거 알지?' 이런 식이었어요."

알지 알지, 저런 아버지들. 어쩌면 7할의 아버지들이 그러지 않았을까.

사람이 나이를 먹으면 세상에 너그러워지고 관대해지고 살아오면서 잘못한 점을 후회하고 반성할 것 같지만, 그렇지 않다. 그 고집, 그 가치관 그대로 화석이 되어간다. 광화문 태극기 부대 사람들을 보라. 그들이 가정에 돌아가면 누군가의 아버지다. 루이 14세가 "짐이 곧 국가다"라고 했듯이, 우리 아버지들은 가정에서 왕이 되어 독재하려고 했다. 요즘 젊은 아빠들은 그렇지 않은 듯한데.

부자의 대화는 발톱이 빠지기 시작한 아버지 호랑이와 용맹해진 아들 호랑이의 싸움 같은 느낌이었다. 허술한 아버지의 변명에 아들은 억압당한 기억과 탄탄한 논리로 반박했다. 아, 저 아버지. 당신은 잘못한 게 없다고 주장하지만, 이제는 무조건 사과해야 한다. 베풀어야 한다. 그래야 조금이나마 발톱 빠진 늙은 호랑이 생활이 편해진다. 시간이 더 지나면 아들 상처가 깊어져서 사과해도 받아주지 않는다.

긴 얘기 끝에 부자는 일어섰다. 더 얘기해봐야 소용없다는 걸 깨달은 모양이다. 아들이 주먹으로 눈물을 닦았다. 아버지는 마지막까지 한마디 하신다.

"나는 안 바뀐다. 네가 생각을 고쳐먹어."

사실 옆에서 부자의 얘기를 조용히 듣고 계시는 여성이 있었다. 오은영 박사님처럼 부자 관계를 상담해주러 오신 분인 줄 알았다. 그런데 아버지가 재혼할 분이란 걸 알고 깜짝 놀랐다. 아들이 화장실 간 사이의 아버지, 지금까지의 가부장적인 모습은 온데간데없이 세상 다정한 모습을 보고 내가 배신감이 느껴졌다. 아들, 아버지는 아버지 인생을 사는 것이니 너무 상처받지 마세요….

매운 연애 상담

오늘의 음료 디카페인 아이스 카라멜 마키아또

주문할 때마다 따뜻한 음료냐, 차가운 음료냐를 두고 갈등하다 이게 뭐라고 '죽느냐 사느냐 이것이 문제로다' 하는 햄릿급 갈등인가 싶어 과감하게 아이스를 주문했다. 시원하다. 맛있다. 그러나 헉헉 걸어올 때의 땀이 식고 에어컨 바람에 추워지니 '따뜻한 음료 시킬걸' 하고 후회…. 나 같은 사람 때문에, 그리고 나 같은 사람이 많아서, 아니 어쩌면 인간은 누구나 양 갈래 길에서 고민하는 족속이어서 짬짜면이 나온 거겠지.

주말에는 데이트하거나 친구 만나는 사람들에게 자리 양보하는 마음으로 되도록 스벅에 가지 않는 편이다. 그러나 오늘은 비가 무지하게 쏟아지는 오전이라 사람이 없을 것 같아서 빗속을 뚫고 갔다. 예상대로 매장은 한산했다. 스터디존에는 대화 중인 젊은 여성 두 명과 공부하는 젊은 여성 두 명뿐이다. 스벅에 와서 가장 기쁠 때는 내가 좋아하는 자리가 비어 있을 때. 나비처럼 날아가서 사뿐히 앉아 노트북을 꺼내고 음료를 주문했다. 그 짧은 시간 동안, 스터디존이 아닌 다른 자리로 가야 하나 갈등했다. 젊은 여성 두 명의 대화 소리가 너무 크게 울렸다.

둘은 연애 상담 중인 모양이다. 이런 얘기를 남이 들어도 되나 싶을 정도로 노골적이고 은밀한 내용을 스피치 대회 나온 것처럼 큰 소리로 이야기한다. 친구 A가 남자친구에게 지질하게 매달리는 연애를 하는 모양이다. 상담해주던 친구 B가 줄기차게 주장하는 것은 "그 사람은 너를 사랑하지 않아"였다. 아무리 말해도 A가 듣질 않으니, B가 A에게 비수를 꽂았다.

"너희 부모님이 이렇게 살라고 너를 낳으신 건 아

니야."

"부모님 얘기는 하지 마라."

"그래, 미안. 사람이 경험으로 배우는 건데 넌 같은 실수를 매번 되풀이 해. 제발 너를 아껴주는 사람을 만나."

B는 A의 예전 연애들까지 거론하며 문제점을 지적했다. 와우, 공공장소에서 저렇게 남의 과거를 파헤쳐도 되나. A가 그 매운 충고를 받아들일 것 같으면 지금까지 그런 연애를 하지 않았겠지. 무엇보다 듣기도 민망한 자기 연애사를 큰 소리로 낱낱이 까발리면 못하게 하지 않나. 똑같이 큰 소리로 얘기하는 걸 보니 별로 상처가 되지 않나 보다.

"나뿐만 아니라 주변 모든 사람이 그놈은 아니라고 말하고 있어."

"몰라서 그래. 그 사람은 주저리주저리…."

"우리 이제 서른 중반이야. 결혼이야 해도 그만, 안 해도 그만이지만, 아직도 그렇게 징징대고 남자한테 질척거리고 너한테 잘해주지도 않는 남자한테 매달리는 연애는 하지 마라."

"아냐, 그래도 잘해줄 때는 잘해줘."

B가 결국 벌떡 일어났다. "야, 이제 나한테 그 남자 얘기하지 말고, 다른 연애도 얘기하지 마" 하고 가방을 들고 나갔다. A가 "흐으응, 같이 가. 왜 혼자 가앙" 하고 졸졸 따라 나갔다.

친구 B의 말은 구구절절 옳다. 이성 친구든 동성 친구든 배우자든 자신을 존중하지 않는 사람은 만나지 말아야 한다. 이 두 사람, 음량 조절이 되지 않아서 강제로 대화를 듣는 것이 괴롭긴 했지만, 조언을 해주는 친구가 있어서 참 다행이다. 그 귀한 조언을 들을 귀가 없다는 것이 문제였지만. 작가 제인 오스틴이 말했다. '우정은 실연의 상처를 치유하는 최고의 치료제'라고. 연애한다고 만나주지도 않다가 실연했다고 찾아와서 징징대는 친구를 치료해주어야 하나 싶긴 하지만 살다 보면 양지가 음지되고 음지가 양지될 때도 있는 거니까, 상부상조 하는 마음으로….

조선의 할매

오늘의 음료 블랙핑크 스트로베리 초코크림 프라푸치노

블랙핑크 스트로베리 초코크림 프라푸치노를 주
문했다. 무료 쿠폰으로 주문할 수 있어서 냉큼 마셔본
기간 한정 음료. 구름처럼 몽실한 휘핑크림이 올려진
고급 초코 딸기우유 맛 음료다. 아주 괜찮다. 병원에서
2시간이나 치매 엄마를 돌보다 오는 길이어서 지친 마
음에 위로도 되고 허기도 달래진다. 초코색과 딸기색
때문에 음료 이름에 블랙핑크가 들어갔나 했더니, 스
타벅스와 블랙핑크가 팬들을 위해 협업한 것이라고 한

다. 어쨌든 맛있으니 내일도 무료 쿠폰으로 또 주문할 것 같다. 이럴 때를 위해 무료 쿠폰을 비축해두지요.

　　내 또래 여성들이 오랜만에 만났는지 반갑게 근황을 묻고 전하느라 떠들썩한 테이블 뒤에 앉았다. 노트북을 꺼내기 전에 이어폰부터 꼈지만, 노이즈 차단이 잘 되진 않아서 그들의 대화가 듬성듬성 들렸다. 중년 여성들이 친구들을 만나면 대체로 나누는 대화 패턴이 있다. '예뻐졌네' '살 빠졌네' '얼굴에 뭐 넣었니?' 그러다 취직한 자식 얘기, 퇴직한 남편 얘기, 아픈 부모님 얘기. 그들도 마찬가지였다. 부모님 얘기에 이르렀을 때, 올해 나의 가장 큰 관심거리인 단어들이 들려왔다. 요양병원, 요양원, 치매. 그래서 슬쩍 이어폰을 뺐다. 들려오는 그분들의 에피소드가 짠했다.

　　한 사람이 치매 걸린 어머니 장기 요양보험 등급 신청한 얘기를 했다. 어르신들은 등급에 따라 시설 급여나 재가 급여를 받을 수 있다. 참고로 시설 급여는 요양원 입소, 재가 급여는 집에서 요양보호사 도움을 받는 것이다. 등급 신청을 하면 보험공단에서 당사자의 상태를 조사하러 나온다. 그는 어머니에게 조사하는 사람이 나오면 뭘 물어도 모른다고 하라고 사전 연습과 함께 교육을 단단히 했다고 한다. 등급 따기 애매한 단계인 분들이 잘 쓰는 수법(?)이다. 그런데 치매라 그렇게 별난 짓하던 어머니께서 정작 공단에서 사람이 오니 세상 공손한 태도로 냉장고에서 과일을 꺼내와 대접해서 망했단다. 다른 한 사람은 자기 아버지는 요즘 가족에게 베트남전쟁 가서 공을 세운 얘기를 그렇게 한단다. 실제로는 군대도 가지 않은 분이라고. 또 다른 한 사람은 요양병원에 있는 아버지가 병원에서 밥을 제대로 주지 않아서 갈 때마다 배고파 하고 있더라며 훌쩍거렸다.

엄마도 작년에 등급을 받을 때 경로당 동료들이 많은 조언(?)을 해주었다고 한다. 할머니들끼리 정보가 있는 것이다. 치매 테스트로 '아침에 뭐 먹었냐' '오늘 며칠이냐' '우리나라 이름은 뭐냐' '지금이 무슨 계절이냐' 그런 걸 물어볼 테니 다 모른다고 하라고 했단다. 검사를 받고 온 엄마는 내게 무용담처럼 그 얘기를 해주었다.

"얼라들도 다 아는 시시한 걸 묻는데, 속으로 '내가 그것도 모를까봐' 하면서 다 모른다 그랬어."

그렇게 똑똑한(?) 엄마였는데, 올해는 그 질문들에 하나로 제대로 대답하지 못했다. 치매 검사를 하시는 분이 "할머니, 오늘 며칠이에요?" 하자 엄마는 "(한여름이었는데) 며칠 전에 설이었으니 정월 보름". 또 "할머니, 우리나라 이름이 뭐예요?" 하자 엄마는 "조선이지". 그래, 조선의 할매, 앞으로 더 나빠지지만 않기를.

밤말은 사람이 듣는다

오늘의 음료 패션 탱고티 레모네이드 피지오

요즘 스벅에서 오후 5시부터 추가별 세 개를 주는 행사를 한다. 텀블러를 들고 가면 다섯 개를 받을 수 있다. 이럴 때 소중한 별을 모아야지! 그래서 평소에는 오전에 스타벅스를 갔지만, 추가별을 받기 위해 오후 5시 이후에 가기로 했다. 했으나, 집에 있다가 5시가 가까워지면 씻고 나가기 귀찮아진다. '에이, 그까짓 별' 하고 포기하길 며칠째. 별이 문제가 아니라 진도가 나가질 않는다.

오늘 드디어 5시에 스벅에 가서 추가별을 받았다. '오오, 별 다섯 개! 내일도 꼭 가야지' 하고 신났다가 음료 주문에 실패해서 금방 시들해졌다. 주문한 음료가 내 입맛에 맞지 않았다. 쿨라임 피지오를 배신한 탓이야. 피지오는 쿨라임이지.

이 시간에 다들 나처럼 별 받으러 오셨는지 매장이 바글바글 자리가 없다. 원래는 작은 테이블을 두 개 붙인 4인석 테이블인데, 2인석으로 떼어놓은 빈 테이블이 하나 남아 있어서 겨우 앉았다. 노트북을 놓으면 꽉 차는 미니 테이블이다. 바로 왼쪽 옆에는 아주머니가 앉아 있었다. 50센티미터 정도 떨어져서 초조해서 어쩔 줄 모르는 기색이 그대로 전해졌다.

번역을 몇 페이지 했을 때, 드디어 그가 기다리던 사람이 왔다. 커리어우먼 스타일의 젊은 여성이 연락도 없이 오시면 곤란하다는 말을 하며 아주머니 앞에 앉았다. 아마 이 건물에서 일하는 사람 같다. 두 사람이 대화를 나누는데 무시무시한 이야기를 한다. 내가 들어서는 안 될 이야기같다. 그런데 너무 잘 들려. 마침 내 오른쪽 옆자리 사람이 일어나서 그리로 자리를 옮겼다. 그래도 이야기는 잘 들린다. 50센티미터 더 떨어져 앉아봐야 1미터다.

아주머니가 인터넷에 올린 글로 인해 명예훼손죄로 고소를 당한 모양이다. 있을 수 있는 일이다. 가끔 인터넷 게시판에서 그런 하소연을 보았다. 문제는! 이 아주머니가 올린 글이 아니라, 다른 사람이 아이디와 비번을 빌려 쓴 것이란다. 바로 그 빌려 쓴 사람이 앞에 앉은 여성이라고 아주머니는 말한다. 어머나, 살 떨려. 더 살 떨리는 것은 명예훼손 주인공이 유명인이라는 사실.

미우라 시온의 소설에서 '사실은 하나지만, 진실은 사람 수만큼 있다'라는 말이 나온다. 누구의 말이 사실인지는 모르지만, 이런 일에 휘말려서 너무 괴로울 것 같다. 아주머니는 남편이 퇴직금으로 소송비용을 대고 있고, 온 가족이 고통스럽게 살고 있다고 호소했다. 앞자리 여성은 연락도 없이 찾아왔다고 계속 나무라지만, 아주머니 이야기를 들어보니 미리 연락했을 때는 만나주지 않은 모양이다. '미치고 팔짝 뛸 것 같은 게 저런 거구나' 싶을 정도로 아주머니는 답답해하는데 상대방은 꿈쩍도 하지 않았다. 권력과 가까운 사람이어서였던 듯하다. 대화 내용으로, 아니, 아주머니가 부르는 호칭으로 그가 하는 일을 알았다.

그나저나 낮말은 새가 듣고 밤말은 사람이 듣는데 복잡한 스벅에서 너무 비밀스러운 이야기를 하신다. 앞자리 여성이 목소리 낮추라고 몇 번을 말하지만, 아주머니는 억울함에 흥분하셔서 목소리가 점점 커졌다. 따지는 것도 아니고, 욕을 하는 것도 아니고, 그저 도와달라는 호소뿐. 힘 없는 사람의 비애가 느껴졌다. 위험한 이야기여서 살짝만 썼지만, 식당이나 카페에서 중요한 이야기를 할 때는 목소리를 땅끝까지 낮추어서 하자. 치매인 엄마도 비밀 얘기를 할 때는 우리 둘밖에 없는데 들릴락 말락 한 소리로 소곤소곤 말한다.

"너거 아부지가 요새 바람 피우고 댕긴대이. 여자가 100명도 넘어."

자식이 좋긴 하지만

오늘의 음료 카라멜 프라푸치노

여름 프리퀀시 미션 음료를 모으기 위해 카라멜 프라푸치노를 주문했다. 이번 여름 프리퀀시 증정품이 모두 마음에 들어서 프리퀀시를 열심히 모으고 있다. 캠핑용 테이블도, 플레이트도. 그리고 더 많이 모아서 담당 편집자에게도 선물하려고 한다.

매일 녹차를 마시다가 오랜만에 카라멜 프라푸치노를 마시니 세상이 평화롭고 달달해지네. 그 평화로움 속으로 갓 걸음마를 배운 듯한 아기가 아장아장 돌아다녔다. 옆 테이블 고등학생들이 귀엽다고 꺄악꺄악 거렸다. 아기가 이쪽 테이블 앞을 왔다 갔다 하니 움직일 때마다 "인형이야" "천사야" 하며 연신 꺄악꺄악. 아기도 귀엽고, 꺄악거리는 고등학생들도 귀여워서 할머니처럼 흐뭇하게 지켜보았다.

아기가 가고 나자, 한 학생이 말했다. "난 그래도 아기 안 낳을 거야." 그러자 다른 친구들도 "나도, 나도. 난 결혼도 안 할 거야"라고 한다. 이 친구들 최소 고딩 엄빠에 나오진 않을 것 같아서 안심이다. 하지만 생각은 생물이어서 계속 바뀐다. 지금은 이렇게 말해도 10년, 20년 뒤에는 귀여운 아이 데리고 스타벅스에 와서 방학 숙제 시키고 있을지도 모른다.

결혼을 하는 것도 아이를 낳는 것도 100퍼센트 자기 의지대로 하는 것이다. 주위에 휘둘리지 않고 소신껏 하길 바란다. 출생률이 뚝뚝 떨어지는 이 시국에 어른으로서 국가의 미래를 위해 출생 장려 글을 써야 한다는 사람도 있겠지만, 과거 '덮어놓고 낳다가 거지꼴 못 면한다'고 나라에서 방방곡곡 표어까지 붙이며 출산을 말리던 시절에 어머니들은 단 한 번이라도 국가란 걸 생각했을까. 결혼과 출산은 지극히 개인적인 선택이다. 이 선택에 거창한 국가적 의미를 부여할 필요는 없다.

1994년에 폐지된 '국민교육헌장'은 '국민학생'이라면 누구나 외웠던 국민 계몽 주기도문 같은 글이었다. 교과서 맨 앞 페이지에 꼭 실려 있었는데 첫 문장은 이렇게 시작했다. '우리는 민족중흥의 역사적 사명을 띠고 이 땅에 태어났다.' 역사적 사명은 무슨 개뿔 같은 말씀. 오락거리 없던 시절에 피임 홍보 되지 않아서 태어났을 뿐이죠(국민교육헌장을 외워야 했던 어린이들은 대체로).

내 자식이나 남의 집 자식이나 누구에게도 의지하지 않고 누구에게도 휘둘리지 않으며 어떤 경우든 자기가 행복할 수 있는 선택을 하며 살았으면 좋겠다. 선택이 어려울 때 도움을 줄 책이나 어른들은 주위에 얼마든지 있으니 적재적소에 이용하면서 말이다.

성인인 딸이 있다 보니 결혼과 아기라는 말에 생각이 많아졌다. 마침 그때, "생각에서 깨어나라, 얍!" 하듯이 파트너가 신메뉴 시식 중이라며 종이컵에 케이크를 조금씩 담아서 나눠주었다. 옆자리 학생들이 기쁨과 감동의 탄성을 질렀다. 혼자 있는 나도 소문자로 기쁨과 감동의 탄성을 질렀다. 생각지도 못한 시식품은 정말 맛있었다. 케이크 종류를 좋아하거나 싫어하거나 하는 건 아닌데(있으면 먹고 없으면 안 먹는 편) 이 메뉴는 출시되면 꼭 먹어보고 싶다. 그리고 치아가 없는 엄마에게 꼭 사다주고 싶다. 아, 나 같은 자식은 필히 하나 낳아야 하는데.

실연 상담

오늘의 음료 피스타치오 아보카도 초콜릿 프라푸치노

매번 품절이어서 마시지 못한 피스타치오 아보카도 초콜릿 프라푸치노를 드디어 마셨다. 음, 근데 무슨맛이지? 피스타치오, 아보카도, 초콜릿, 각각의 맛은좋아하지만, 섞어놓으니 짬뽕 맛이네. 정하도 마시고싶어한 음료여서 카톡으로 자랑했다.

"우와! 맛있어?"

"맛없어."

옆자리에서 정하 또래 친구들이 실연 상담을 하고 있다. 한 사람이 헤어진 얘기를 구구절절하더니 "나 왜 차였을까…" 하고 깊은 한숨을 내쉰다. 아, 귀엽다.

"나 성형할까? 완전 예뻐져서 그놈 다시 만나 내가 먼저 차고 싶어."

"그러니까 내가 차라고 그랬잖아. 그 새끼는 아니라고."

실연한 어린 친구의 친구도 귀엽다. 정하 또래는 자식 같아서 옆자리에 앉아 숨만 쉬어도 귀엽다. 실연하여 괴로워하는데 귀여워하는 건 좀 잔인한가.

내가 정하를 키울 때 쓴 육아일기를 보면 '나중에 우리 정하가 실연해서 가슴 아파하면 어떡하지' 하고 미리 걱정하는 글이 있다. 때는 1996년, 장소는 도쿄의 미타카시. 갓 돌 지난 정하를 유모차에 태워 산책하는데, 미타카 시청에서 성인식을 마치고 쏟아져 나오는 스무 살들이 어찌나 아름다운지. 그들을 보며 언젠가 스무 살이 될 정하를 상상하다가 '이 귀여운 아이가 실연의 아픔을 겪으면 어쩌나' 미리 눈물 글썽거린 날의 일기다. 아마도 세상 모든 초보 부모가 간절히 기도할 것이다. 부디 몸도 마음도 아파하는 일 없이 곱게 살아가기를.

그러나 부질없는 기도였다. 세상에는 별의별 일이 많다. 아이는 별의별 상처를 받고, 극복하며 어른이 된다. 어른이 되면 상처받을 일이 더 많이 생긴다. 지금 육아일기를 쓴다면 상처받지 않고 곱게 살기를 바라기보다, "어떤 상처도 이겨낼 수 있는 멘탈이 강한 아이로 자라게 해주세요"라고 기도할 것 같다.

옆자리 어린 친구도 실연의 아픔 툴툴 털어내고 혼자로 단단한 삶을 생활 즐기기를. 실연한 사람에게 똥차 가고 벤츠 온다고 위로하지만, 그야말로 위로일 뿐 벤츠를 만나는 일은 극히 드물다.

벤츠 기다리지 말고 네가 벤츠가 돼버려.

셀프 미담

오늘의 음료 커피 드로잉 말차 프라푸치노

4월엔가 에코별을 모아 손수건 사은품을 신청하는 이벤트가 있었다. 항상 텀블러를 사용하고 있고, 출근하다시피 스타벅스에 가니 에코별은 금세 모였다. 공짜로 주는 것이어서 신청하긴 했지만, 별로 관심은 없었다. 손수건 쓸 일도 별로 없고 '로고가 들어간 사은품 손수건, 보나 마나 허접하겠지' 생각했다.

까맣게 잊고 있다가 두 달이 지난 오늘, 매장에서 손수건을 받았다. 그런데 손수건의 품질이 너무나 훌

류한 게 아닌가. 면 100퍼센트에 스카프로 써도 될 만
큼 큼직하고, 종이 케이스도 멋스러웠다. 보자마자 마
음에 쏙 들어서 얼른 뜯어보고 싶었지만, 사시사철 목
에 스카프를 하는 엄마한테 드리면 좋아할 것 같아서
곱게 가방에 넣어두었다.

　주말 오전, 옆 테이블에 유모차에 탄 아기와 대여
섯 살쯤 돼 보이는 아들을 데리고 젊은 부부가 와서 앉
았다. 샌드위치와 음료 등으로 브런치를 먹으며 행복
하게 웃는 모습이 그림 같다. 소파석 옆 테이블이어서
고개만 들어도 보인다.

　안타깝게도 귀여운 아들의 몸이 불편한 것 같다.
목의 튜브로 석션도 해주고, 아빠가 옆에서 연신 손수
건으로 닦아주고 챙겨주고 있었다. 나는 잠시 갈등하
다가 내 옆에 앉은 아이 엄마한테 말을 걸었다. "저어,
애기한테 이거 선물해도 될까요?" 스타벅스 손수건을
내밀었다. 그랬더니 엄마가 "네!" 하며 좋아했다. 아이
에게 직접 손수건을 건넸다. 내가 아무리 아줌마지만,
모르는 사람한테 말 거는 일은 쉽지 않다. 굉장한 용기

를 낸 것이다.

젊은 부모는 작은 선물에 무척 기뻐했다. "구하기도 힘든 건데" 하면서 손수건을 펼쳐 아들에게 보여주고 목에 둘러주기도 했다. 손수건이 큼직해서 아픈 아이 목에 두르기에 딱 좋았다. "감사합니다, 해야지" 하고 부모가 아이에게 인사를 시켰다. 아이가 고개를 끄덕이자 "집에 갈 때 또 인사드리자"하고 가르치는 모습에 진심으로 감동.

몸이 불편한 아이가 있으면 가정에 그늘이 있을 거라는 편견이 깨졌다. 무척 밝고 환한 가족이었다. 엄마와 아빠가 아이를 사랑하는 모습만 보이고 아무런 그늘도 보이지 않았다. 장애가 있건 없건 내 아이는 사랑스럽기만 한데 남들이 편견을 갖는다. 그러고 보니 우리 강아지 나무의 두 눈이 새하얘져서 지나가는 사람마다 징그러워하거나 무서워할 때도 정하와 나는 "아유, 귀여워, 우리 나무 너무 귀여워" 하며 물고 빨았다. 가족의 마음은 그런 것이었다.

브런치를 다 먹은 뒤 부모는 자리에서 일어서며 아들에게 "고맙습니다 해야지" 하고 또 한 번 인사를 시켰다. 아빠와 엄마도 "감사합니다" 하고 인사를 했다. 아름다운 가족에게 손수건을 선물해서 기뻤다. 이 행사 준비하신 분들, 손수건 한 장이 누군가에게 이렇게 큰 기쁨을 준 걸 모르시겠지.

진상 손님의 정체

오늘의 음료 핑크 크리스탈 캐모마일 티

오랜만에 핑크 크리스탈 캐모마일 티를 주문했다. 추가별 주는 동안 딸기 드림 말차 라떼를 자주 마셨더니 좀 물렸다. 당과 카페인이 높아서 걱정되기도 했다. 운동도 하지 않고 채소도 잘 먹지 않는 주제에 오래 살고 싶긴 한 모양이다.

아, 그런데 오늘은 핑크 크리스탈 캐모마일 티가 맛있었다. 파트너가 "저어서 드시면 더 맛있어요"라고 말해주어서 정성껏 저었더니 맛이 확실히 달랐다. 친절한 말 한마디에 더 맛있게 느껴진 걸까.

대각선 방향에 있는 스터디 데스크에 30, 40대로 보이는 여성이 앉아서 노트북으로 열심히 일을 하고 있었다. 주위 사람들이 일을 열심히 하는지 무얼 하는지 평소에 전혀 관심도 없고 눈에 들어오지도 않는데, 이상하게 이 사람은 분주히 뭔가 하는 게 느껴졌다. 노트북 주위에는 생수 병 외에 텀블러에, 바나나에 살림도 많다. 물이 떨어졌는지 천연덕스럽게 생수 병을 들고 카운터에 가서 물을 받아왔다. 파트너들에게 무슨 요청 사항이 그리 많은지 걸핏하면 카운터에 가서 뭐라고 말을 한다. '사람 참 멀쩡하게 생겨서 진상이네. 음료 받을 때 말고 파트너와 접할 일이 뭐가 있나…'라고 생각했는데, 나중에 보니 그가 파트너를 데리고 다니며 MD 상품 진열대며 소화전이며 아기의자며 전등이며 이것저것 지도를 했다. 아하, 본사에서 나온 사람인가 보다. 저렇게 고객 입장에서 보고 지도를 하는 건가. 진상이라고 생각해서 미안해요.

내가 뽑은 스벅 빌런

오늘의 음료 우리 쑥 크림 프라푸치노 위드 콜드브루

우리 쑥 크림 프라푸치노 위드 콜드브루가 맛있어서 며칠 연속으로 마셨더니 살짝 물렸다. 내일부터는 뭐 마실까. 남은 신메뉴는 제주 청귤 라임 에이드, 쿨 서머 캐모마일 블렌디드. 여름 끝물이지만, 차가운 음료는 끌리지 않는다. 추가별 주는 기간 동안 그냥 쑥 크림 프라푸치노나 계속 마셔야겠다. 계속 마시면 쑥을 먹고 인간이 된 곰처럼 나도 인간이 되지 않을까⋯. 기대하기에는 쑥의 함량이 너무나 미미하다.

오른쪽 옆자리에 60대 언니 여섯 명이 테이블 붙이고 앉아서 가져온 식빵과 삶은 계란을 나눠 먹고 있다. 야유회 와서 먹거리 펼쳐놓은 분들처럼 왁자지껄하다. 음, 목 막히지 않나. 나도 집에 가서 계란 삶아야지. 와중에 먹고 싶네.

왼쪽 옆자리 아저씨, 장우산을 의자 등받이에 걸어놓아서 통로 지나가는 사람들이 자칫하면 걸릴 것 같다. 사람 다니는 곳에 장우산을 걸어놓는 무개념 어쩌면 좋을까. 사람들마다 이른바 '꼭지 도는' 포인트가 있을 텐데, 나는 이런 무개념에 화가 나는 편이다. 하지만 50센티미터 간격으로 붙어 앉아서 지적하면 서로 불편하여 각자 이곳에 온 목적을 이루지 못할 것 같다. 참자. 지나가는 사람이 조심하길 바라며.

말이 나온 길에 평소 거슬렸던 스벅 빌런 3인을 뽑아보자.

1. 다리 떠는 사람: 아예 등을 돌리고 앉지 않는 한, 시야 끝에 잡혀서 그 덜덜 떠는 다리가 너무 신경 거슬린다. 고난이도로 빨리 떨면 더 정신없다. 이

이야기는 앞에서 진지하게 언급했으니 간략하게 지나감.

2. 냄새 나는 사람: 마스크를 껴도 냄새 때문에 괴로울 때가 있다. 특히 괴로운 것은 향수 냄새다. 몸을 씻지 않은 냄새 정도는 스벅 매장 향에 묻혀서 잘 나지 않는다. 노숙자가 옆에 앉지 않는 한. 전에 옆자리 앉은 젊은 여자 사람에게 동남아향 향수 냄새가 어찌나 진하게 나는지 기절하는 줄 알았다. 향수가 아니라, 직업상 동남아향에 절어 지내는 분일지도 모르겠다. 조금만 버티면 후각 세포들이 죽을 거야, '참자, 참자, 참…' 하다가 결국 가방 싸서 집에 왔을 정도로 괴로웠다.

3. 쩝쩝쩝 소리 내어 먹는 사람: 먹을 때 후루룩 쩝쩝쩝쩝 엄청 소리 내며 먹는 사람이 있다. 한번은 이른 시간에 가서 일하기 좋은 자리를 골라 앉았는데, 하필 맞은편에 최강의 쩝쩝이 청년이 앉았다. 음료도 제조 음료가 아니고 병 주스 두 병

을 주문해서 추르릅촵촵촵거리며 마셨다. 토스트
도 쩝쩝쩝쩝 지축을 울리며 먹었다. 살아오면서
본 쩝쩝이 중 최강이었다. 참자, 참자. 식빵 한 봉
지 다 먹는 것도 아니고, 토스트 한쪽인데 다 먹
을 때까지만 참자, 생각하다가 멀찍이 떨어진 자
리로 옮겼다. 거기서도 쩝쩝 소리가 들리는데 와,
You Win….

어쩌면 네 번째 빌런은 이렇게 구시렁거리는 나
일지도.

발이 아플 때면 인어공주를 생각했지

오늘의 음료 제주 유기농 녹차

집에서 가장 가까운 스타벅스에 왔다. 어쩐 일로 11시가 다 되어가도록 암묵적 스터디존에 나밖에 없다. 신난다. 조용할 때 일 많이 해야지. 추가별 주는 기간이 아니어서 마음 편히 녹차를 주문했다. 그동안 별에 연연하여 건강을 버리는 어리석음을 택한 걸 반성하지만, 며칠 뒤 신메뉴가 나오면 또 별을 선택하겠지. 어쩌다 한 번 오는 분들은 괜찮겠지만, 거의 매일 오다 보니 마실 때마다 "아, 과당섭취…" 하고 걱정하게 된다. 음식 앞에 놓고 '이건 몸에 좋고, 저건 몸에 나쁘고' 하며 건강 타령하는 사람이 가장 싫은데 내가 그러고 있다.

발이 편하다고 소문난 운동화를 사서 오늘 처음 신고 나왔다. 그러나 새 운동화여서일까, 소문과 달리 뒤꿈치가 따가웠다. 이 브랜드는 치수가 작게 나오나 보다. 뒤꿈치에 일회용 밴드를 붙이다 문득 젊었을 때 생각이 나서 피식 웃었다.

요즘은 하이힐 신는 20대들이 거의 보이지 않지만, 우리가 대학생일 때는 하이힐을 많이 신었다. 패션이나 멋과 무관한 생활을 했던 나도 7센티미터짜리 힐을 신었다. 당연히 비싼 가죽이 아니라 싸구려 에나멜 구두여서 신고 다니다 보면 어김없이 뒤꿈치가 까졌다. 구두를 벗지도 못 하고 절뚝절뚝. 그러나 그 아픔을 이겨내는 나만의 비법이 있었다. 인어공주를 생각했다. 인어공주는 다리를 얻기 위해 목소리도 포기했고, 걸을 때마다 칼날 위를 걷는 고통을 느껴야 했지. 나는 목소리는 멀쩡해. 뒤꿈치가 까져서 피가 좀 날 뿐,

발밑에 칼날은 없어. 하이힐 속의 내 발과 내 다리는 인어공주에 비하면 엄청나게 호강하는 거지. 이건 아픈 것도 아니야.' 그렇게 생각하면 뒤꿈치가 까진 것쯤 거뜬히 견딜 수 있었다. 하이힐을 신지 않은 지 오래됐지만, 살면서 힘든 일이 생길 때면 늘 그런 식으로 뇌를 속이며, '괜찮아, 아프지 않아. 남들은 더 아파도 잘 살아' 하고 생각했다.

하지만 지금은 곳곳에 일회용 밴드 파는 곳이 있어서 언제든지 사서 붙이면 되니 굳이 인어공주를 떠올릴 필요가 없다. 뒤꿈치용으로 나온 밴드까지 있다. 언젠가부터 나의 인어공주는 동화책 속으로 돌아갔고, 굳이 뇌를 속이며 '괜찮아, 아프지 않아'라고 생각하지 않게 됐다.

그런데 지금까지 참았던 감정들을 삭이지 않고 드러냈더니 사람들은 이것을 일러 갱년기라고 한다. 억울해서 나원참.

오호, 스타벅스 친절하시네

오늘의 음료 라즈베리 팝 쉐이큰 티

라즈베리 팝 쉐이큰 티는 '산뜻하게 블렌딩한 티 바나 티와 라즈베리 과육이 쉐이큰되며 만들어지는 달콤새콤함이 밸런스 좋게 어우러지는 아이스티'라고 한다. 오늘도 마신 뒤에 제품 설명을 보며, '아, 예'라고 생각했다. 장금이가 될 유전자는 애초에 1도 없었나 보다. '맛있구나, 맛없구나' 이상의 맛 평가를 할 수가 없다. 음료 색이 무척 예쁜데, 오늘도 텀블러에 가려졌다. 음료든 음식이든 담는 용기에 따라 맛이 달리 느껴지지만, 나한테는 별과 지구가 더 중요하므로 오늘도 텀블러.

　옆에서 퍽 소리가 나서 돌아보니 아메리카노 컵이 떨어졌다. 내용물이 의자와 바닥을 흥건히 적셨다. 참고서를 펼쳐놨던 학생은 냅킨을 거의 한 통 다 뽑아 와서 바닥을 닦았다. 파트너에게 말하면 닦아줄 텐데. 의자를 먼저 닦고 바닥을 닦아야 할 텐데 바닥만 닦으니, 의자에서 커피가 계속 흘러내린다. 집에서 청소하지 않는 친구구나. 엄마들은 한눈에 알아본다. 바닥을 한 차례 닦고 나서야 파트너에게 갔다.

　"커피를 쏟아서 닦느라 냅킨을 다 썼는데 냅킨 좀 더 주세요."

　기특하다. 끝까지 혼자 해결하려고 하다니. 그러자 학생보다 고작 몇 살 더 많아 보이는 파트너가 "아유, 말씀하시면 닦아드릴 텐데" 하고 얼른 물걸레를 들고 왔다. 두어 번 왔다 갔다 하며 바닥과 의자를 깨끗이 닦고 학생에게 "아메리카노 드셨나요?" 하고 물었다. 학생이 그렇다고 하자 파트너는 새 아메리카노를 가져왔다. 세상에! 이거 쏟으면 새로 주는 건가요? 몰랐네. 스타벅스는 친절함이 가장 큰 특징이라고 하지만, '지금 앞에 있는 파트너도 누군가의 소중한 자식'이므로 굳이 친절까지 바라진 않는다. 주문한 것만 제대로 주면 된다. 그런데 이 파트너, 감사할 정도로 친절하시네.

음료도 새로 갖다주고 청소도 해주고 "맛있게 드세요" 하고 웃으며 인사하는데 학생이 아무 대꾸도 하지 않는 게 에러였다. 커피를 쏟고 혼자 치우느라 당황해서 그랬을 것 같다. 그러나 "고맙습니다" "미안합니다" 하는 말이 습관이 되어 있으면 어떤 상황에서도 반사적으로 튀어나온다. 어릴 때부터 하지 못했으면 지금부터라도 "고맙습니다" "미안합니다" 말하는 습관 좀 들였으면 좋겠다. 짧은 한마디로 상대방도 기분 좋아지고 말하는 사람 인상도 좋아진다. 그래서 너는 인상이 좋으냐고 물으신다면, 엄청 좋을걸요?(먼 산).

동네 청년들

오늘의 음료 바닐라 크림 프라푸치노

이제 매일 폭염이다. 잠시만 참으면 시원한 곳에서 일할 수 있지만, 집 밖에 나오는 데 용기가 필요해졌다. 오늘은 확인할 게 있어서 바닐라 크림 프라푸치노를 주문했다. 어떤 매장은 휘핑 크림을 예쁘게 올린 음료가 나오고 어떤 매장은 막 담은 것처럼 나온다고 블로그에 바닐라 크림 프라푸치노 비교 사진을 올렸더니, 어떤 분이 "매장 차이가 아니고 만드는 사람 차이가 아닐까요?"라고 했다. 그럴 수 있을 것 같아서 예쁘게 만들어준 매장에서 다시 주문해본 것이다. 이번에는 예쁘지 않았다. 사람 차이가 맞았다. 휘핑 크림을 올리는 음료는 아무래도 손재주나 정성이 좀 필요할 것 같다. 타고난 똥손인 나 같은 사람이 스타벅스에서 아르바이트하면 날마다 클레임받느라 바쁠 듯. 그래서 나는 '이게 뭐야' 싶은 비주얼로 음료가 나와도 '나 같은 똥손이 또 있구나' 하고 웃어 넘긴다.

2층 창가 자리여서 음료를 마시며 바깥을 내다보고 있는데, 앞 테이블에 청년 두 명이 와서 앉았다. 대화를 듣자니, 온라인에서 번개로 만난 듯했다. 둘 중 한 사람은 상대방이 마음에 들지 않는지 말투가 내내 꽈배기다.

남1: 경치 좋은 곳 보러 다니는 것 좋아하세요?
남2: 아뇨, 우리 동네만 해도 경치 좋은데요.
남1: 맛집 찾아다니는 것 좋아하세요?
남2: 아뇨, 동네에서 먹어도 되는데 굳이.

동네 사랑 넘치는 청년일세. 이 동네가 어딜 봐도

경치 좋은 곳은 아니며 동네에 맛집도 많지 않은데. 두 사람의 대화는 남자 2가 저런 식으로 받아서 진전이 없다. 한참 침묵하더니 남자 1이 "너무 심심했는데 마침 번개를 치셨더라고요" 하며 둘이 만난 '방'에 관한 얘기를 했다.

"게시판 보면 오프라인에서는 개찌질이일 텐데 여기서 잘난 척한다 싶은 새끼들이 많죠."

어머, 앞에 앉은 사람 저격하는 건가.

"여자들한테 껄떡거리는 게 노골적으로 보이는 놈들도 있고요."

남자 2는 남자 1이 무슨 소리를 해도 별로 반응이 없다. 좋게 말하면 세상 해탈하여 '이런들 어떠랴 저런들 어떠랴' 하는 표정이다. 아, 저 사람도 누군가의 귀한 아들이니 나쁘게 평가하지 않겠다. 닉네임만 보고 나왔는데 동성이어서 실망해서 그런가. 시종 빈정거리는 투의 대화를 나누더니 누군가가 "갈까요" 하자마자 벌떡 일어서서 나갔다. 서로에게 폭탄이었나.

그분이 다가와서 한 말

오늘의 음료 아이스 오렌지 판타지 유스베리티

평소 좋아하는 스터디존 자리가 비어서 앉았지만, 이 자리는 요즘 에어컨 바람 때문에 너무 추워서 작업하면서도 계속 오들오들 떨었다. 갖고 다니는 카디건을 더 두꺼운 것으로 바꿔야 할 것 같다. 그런데 마침 음료를 받으러 가다 보니 카운터 뒤쪽 스터디존이 텅텅 비었다. 앗싸, 옮기자.

얼른 가방을 옮기고 노트북을 펴자마자, 옆 테이블에 초로의 남녀 등산객 다섯 명이 우르르. 아뿔싸.

매장에 자리 많은데 왜 하필 이 자리에 오실까. 아무리 한국인은 삼세판이라지만, 자리를 세 번씩이나 옮기는 건 좀 그렇다. 그냥 있자. 이어폰을 꽂고 국카스텐 노래를 크게 틀었다. 등산을 앞둔 분들이 얼마나 신나시겠는가.

일행 한 사람이 오지 않아서 기다리는 듯한 옆 테이블 분들, 무슨 일 때문인지 의견 충돌로 목청이 커졌다. 세 명이 동시에 "됐고, 내 말 좀 들어봐" 하면서 자기 말을 하니 오디오가 3중으로 겹친다. 급기야 말리는 두 명의 목소리까지 합세하여 5중으로…. 의견이 맞지 않을 수도 있고 싸울 수도 있다. 싸우면 말리는 것은 인지상정. 일요일에 나온 내가 잘못이다. 며칠 일을 하지 못해서 아침부터 짐 챙겨서 왔더니만.

데시벨에 적응하며 글을 쓰고 있는데, 그들이 기다리는 일행 한 명이 "여어!" 하고 환하게 웃으며 다가왔다. 5중 오디오는 동시에 꺼졌다. 그다음에는 '소새끼' '말새끼' 기타 등등 동물새끼가 등장한다. 초등학교 동창들이신가. 너무 막역하시네. 사람이 다 모이자 그들은 우르르 일어나서 나갔다. 그런데 일행 중 아저씨 한 분이 내게로 수줍게 다가오셨다. 혹시 5중 오디오에도 흔들림없이 일하는 내 모습에 반했나. 나이 차도 많이 날 것 같고 외모도 내 취향은 아닌데. 너무 가까이 얼굴을 갖다대서 몸을 뒤로 빼는데 이렇게 말씀하셨다.

"일하시는데 시끄럽게 떠들어서 죄송합니다."

아, 그 문제요.

"(귀에 이어폰을 가리키며) 아닙니다. 이어폰 끼고 있어서 안 들렸어요."

"죄송합니다. 열심히 하세요."

"감사합니다."

이어폰 껴서 안 들렸다고 하면서 그분이 나직하게 하는 말 다 듣고 대답한 아줌마. 옆에서 일하는 사람 시끄러울까봐 아저씨는 내내 신경이 쓰이셨나 보다. 스벅에서 떠드는 사람은 많지만, 사과하시는 분은 처음 보아서 신선한 감동이었다. 우리 집도 아니고 마음껏 떠드셔도 되는데.

그런 생각 하지 마세요

오늘의 음료 바닐라 빈 푸딩 블렌디드 위드 콜드브루

여름 프리퀀시 17개를 다 모아서 증정품으로 스타벅스 사이드 테이블을 신청했다. 자그마하고 깜찍한 것이 정하와 TV 볼 때 캔맥주 올려두면 딱 좋을 것 같다. 플레이트도 마음에 드는데 프리퀀시 한 판 더 모아야지.

작년 이맘때만 해도 지루할 정도로 아무 일 없이 스타벅스에 다녔는데 올해는 아픈 엄마 때문에 병원 다니기 바쁘다. 그래서 요즘 가는 스타벅스도 엄마

가 입원한 병원 근처다. 노트북 가방은 늘 메고 다니지만 집까지 1시간이 걸려서 우리 동네에 도착하면 스벅이고 뭐고 집에 가서 쉬고 싶어진다. 그래서 덜 지쳤을 때 여기서 일을 하고 간다.

오늘도 병원에서 치매 엄마와 씨름하느라 영혼이 탈탈 털리고 기가 다 빠진 상태로 와서 바닐라 빈 푸딩 블렌디드 위드 콜드브루를 주문했다. 병원에 들렀다 스벅 매장에 도착하면 오후 3시쯤 되는데 이 시간까지 아무것도 먹지 않아서 더 기운이 없다. 그래서 당이니 나트륨이니 개의치 않고 메뉴를 고른다. 단숨에 다 마신 탓에 한 잔 더 주문했는데, 양심상 제품정보의 모든 수치가 0인 아이스 캐모마일 블렌드 티로 시켰다.

스타벅스는 각 매장마다 일이 잘 되는 자리가 있는데, 이곳은 특이하게 스터디 데스크가 가장 편하다. 마침 기다란 스터디 데스크에 두세 명 정도밖에 없어서 끝자리에 앉았다. 10분 뒤에 주황색 머리에 주황색 카디건을 입은 여성이 진한 향수 냄새를 풍기며 코앞에 앉았다. 가방은 옆 의자에 놓았다. 희한하네. 보통

가로로 긴 스터디 데스크에는 암묵적으로 지그재그로 앉지 않나. 가방과 자리가 바뀐 것 같다. 그의 뒤쪽 통창 앞 테이블에선 젊은 친구들이 껴안고 쪽쪽거린다. '고개 들지 말고 일하라는 신의 뜻인가' 하고 노트북만 들여다보았다.

그런데 얼마 뒤, 뒷자리에서 스킨십 하는 젊은이들보다 더 자극적인 말소리가 들려왔다. 그 내용에 놀라서 돌아보았더니 60대 남성이다. 그는 일행에게 자살에 관해 일장연설을 하고 있었다. 부친이 뇌졸중으로 10년간 고생하다 세상을 떠났는데 그 세월 동안 가정이 엉망이 됐다고 한다. 형제들과는 절연하고 아내와는 이혼하고 병원비 때문에 빚도 생기고. 그래서 만약에 자기도 병에 걸리면 주위 사람들 힘들지 않게 자살할 거라며 구체적인 방법까지 이야기한다. 예전 같으면 무슨 헛소리인가 했을 텐데, 지금은 그 심정 충분히 이해한다. 환자의 주보호자를 해본 사람만이 아는 고통이다. 하지만 막상 그 상황이 되면 어떻게든 살고 싶어질지도 모르는 일이니 미리 그런 생각 하지 마세요.

이 오픈된 공간에서 할 이야기가 아닌데, 공부하는 취준생들이 들을까봐 걱정됐다. 안타까운 마음으로 주위를 슬쩍 둘러보니 대부분 이어폰을 꽂고 공부하고 자기 일 하고 있다. 아차차, 내가 아직 이어폰을 안 꽂아서 세상 소리가 이렇게 잘 들렸구나.

담배 연기

오늘의 음료 우리 쑥 크림 프라푸치노 위드 콜드브루

'국내산 쑥과 쌉싸름한 말차에 콜드브루를 더해 고소함을 즐기는 음료'. 쑥이 어쩌고 말차가 어쩌고 하지만 그래도 커피 음료인데 희한하게 저항감이 없다. 커피를 마시면 수전증 생기는 것은 이제 옛이야기가 된 걸까. '쑥'과 '말차'의 조합이 괜찮아서 요즘 내가 좋아하는 음료다. 그러나 이 음료도 역시 만드는 파트너에 따라 엄마가 대충 타준 미숫가루 비주얼로 나올 때도 있다….

오늘은 어떻게든 츠지 히토나리의《네가 맛있는 하루를 보내면 좋겠어》역자 교정을 마무리하려고 교정지를 갖고 나왔다. 출판사에서 역자 교정지를 보낼 때는 책 출간이 머지않았다는 이야기다. 원제는《아빠의 요리 교실父ちゃんの料理教室》로 싱글대디인 츠지 히토나리가 아들을 위해 쓴 레시피와 따뜻한 편지 글이 쓰여 있다. 츠지 히토나리는 소설 〈냉정과 열정 사이〉로 유명한 작가다. 그의 아내는 영화 〈러브레터〉의 주인공 나카야마 미호였다. 두 사람은 결혼해서 파리에 살았지만, 인연이 다해 헤어졌다. 아들과 둘만 남은 집은 한동안 한없이 어두웠다고 한다. 어느날 츠지 히토나리는 이래선 안 되겠다며 아들에게 맛있는 요리를 만들어주기 시작했다. 만들기 쉽고 맛있어 보이는 프랑스 가정 요리 레시피여서 번역할 때는 '나도 만들어봐야지' 하는 의욕이 들었지만, 아직 시도하지 못했다. 번역이 끝나면 잊어버릴 확률이 크다.

요리 레시피와 사진을 보고 있으니 교정지 너머로 맛있는 음식 냄새가 풍기는 듯한 느낌이 들었다. 그러나 실제로는 아까부터 불쾌한 냄새가 나고 있었다.

소파석 옆자리에 앉은 30대 후반의 남성에게서였다. 태플릿PC로 유튜브 영상을 큰 소리로 보는 것까지는 그러려니 하겠는데, 20분을 진득하니 있지 못하고 뒷문을 들락날락한다. 그리고 그가 들어올 때마다 담배 냄새를 진하게 풍겼다.

그놈의 담배 냄새, 참 오랜만이긴 하다. 내가 20대 때까지 아버지도 엄청난 골초였다. 어릴 때는 항상 퀴퀴한 담배 연기 때문에 잠에서 깼다. 일어나면 담배 연기는 이미 좁은 방 안 가득 안개처럼 껴 있고, 산소가 부족해 숨이 막혔다. 아버지는 잠든 자식들 머리맡에 앉아 그렇게 줄담배를 피웠다. 요즘 같으면 생각할 수 없는 일이다. 새삼 '옛날 사람들 참 술과 담배에 관대했구나' 싶다.

대중교통에서도 담배 피워도 되던 시절이었다. 심지어 비행기에서도 흡연이 가능했다. 정하가 태어날 무렵(1995년) 전후로 비행기 내 금연이 됐으니 의외로 그리 옛날 이야기도 아니다. 자식 코앞에서 담배 피우는 건 일상이었다. 청자, 한산도, 도라지, 솔, 담배 심부름 무진장 했다. 미성년자에게 담배를 팔지 않는 법이 그때도 있었더라면 당시 아이들의 심부름이 반으로 줄었을 텐데. 아버지는 하루에 두세 갑씩 피우던 담배를 일흔이 넘어서 딱 끊었다. 이유는 단순했다. 담배가 몸에 나빠서. 평생 피우던 담배를 그렇게 미련 없이 끊는 게 신기했다.

10년 전만 해도 식당이나 카페에 담배 연기가 자욱했는데 이제 옆 사람이 피우러 나갔다 와서 풍기는 담배 냄새에도 민감해졌다. 이래서 평균 수명이 길어지는 모양이다.

서점 안 스타벅스

오늘의 음료 캐모마일 티

오늘의 주요 볼일은 종로에 있는 안과에서 정기 검진을 받는 것. 한 번 외출할 때 한꺼번에 볼일을 보는 것이 전 세계 집순이들의 특징이 아닐까. 오늘도 볼일은 많지만, 조촐하게 네 군데만 들르기로 했다. ① 종로에 있는 안과에 갔다가 ② 광화문 교보문고에서 책 기운을 쐬고 ③ 디타워 스타벅스에서 원고 한 편 쓴 뒤, ④ 오는 길에 동네 마트에서 장보기. ①, ②, ③번이 5분 이내 거리에 모여 있어서 별로 무리한 일정은

아니다. 나간 김에 볼일 한꺼번에 본다고 교보문고에서 출판사 네 곳과 연속으로 미팅하고 몸살 나서 열흘도 더 아팠던 기억이 나네. 사람 만나는 일은 한꺼번에 하면 안 된다.

이 안과는 엄마와 같이 다니는 안과여서 온 김에 엄마 안약 대리처방도 예약해놓았다. 혹시 의사 선생님이 엄마 안부를 물으면 눈물을 쏟을까봐 걱정했는데, 다행히 아무 말씀도 안 하셨다.

울지 않아서 가벼운 발걸음으로 교보문고에 갔다. 베스트셀러 진열대가 가장 먼저 눈에 들어온다. '내 책도 언젠가는 이 자리에' 하는 꿈을 잠시 꾸다, 배가 고파서 푸드코트 쪽으로 갔다. 그런데 어머나, 푸드코트가 스타벅스로 바뀌었네. 이 신박한 소식을 아무도 전해주는 사람이 없었다니.

서점 안 카페답게 혼자 책 읽을 자리도 많고 여느 스벅과 달리 공간에 여유가 많다. 책도 많다. 이거야말로 꿈에 그리던 스벅. …이라고 생각했지만, 점심시간이어서 자리가 없다. 그냥 가긴 아쉬워서 점심시간이 끝날 때까지 책 구경하다 다시 와서 빈자리에 앉았다.

디타워 스타벅스 대신 이곳에서 글을 쓰기로 했다.

　슬쩍 둘러보니 매장에 계신 분들 분위기가 왠지 출판사 사람들 같아 보인다. 아니면, 작가나 번역가. 내 옆에는 70대 언니가 노트에 만년필로 글을 쓰고 계셨다. 알고 보면 유명한 작가님이지 않을까. 우리 동네 스벅에서는 노트북 들고 일하는 사람 중 내가 가장 연장자일 정도인데, 이곳에는 지긋하신 분들이 많다. 그리고 혼자 일하는 사람도 많다. 그 점이 무척 편했다. 하지만 혹시 날 아는 사람이 있지 않을까 불안하기도 했다. 동종업계 사람들 같아서 말이다.

　알아보는 사람도 없는데, 주위를 신경 쓰는 연예인처럼 어색한 동작으로 캐모마일 티와 샌드위치를 주문했다. 주위에 아는 사람이 없는 걸 확인했지만, 혹시 몽골리안 시력을 가진 독자가 사진으로만 본 나를 알아볼지도 모른다. 되도록 우아하게 샌드위치를 먹는데, 샌드위치 속은 왜 그렇게 남의 속도 모르고 지저분하게 바닥으로 떨어질까요. 떨어진 샌드위치 속을 줍고 있을 때, 아니나 다를까, 가장 무서워했던 소리가 들렸다.

"권남희 선생님 아니세요?"

'올 것이 왔구나' 하는 느낌이었다. 고개를 들어보니 편집자인 듯한데 누군지 잘 기억나지 않는다. 내가 미안한 얼굴로 갸웃거리자, "저, 그때 ○○○○ 같이 작업했던 ○○○이에요"라고 했다.

아하! 그때 그 귀여운 친구. 8년 전에 계약서 쓸 때 한 번밖에 본 적 없는데, 용케 내 얼굴을 기억했다. 오랜만에 만나서 정말 반가웠지만, 내가 마실 가는 차림으로 나온 데다 샌드위치 속을 줍고 있었던 탓에 마음껏 반가워하지 못했다. 지금은 출판계를 떠났다는 그는 머리를 총총 땋은 아이의 손을 잡고 있다. 너무 사랑스러웠다. 정하가 이렇게 어릴 때 교보문고에 자주 다녔는데, 마치 손녀 보는 기분이다. 이럴 때를 위해 현금 좀 갖고 다닐걸. 반가운 편집자와 짧은 안부를 나누고 헤어졌다. 그는 뒤돌아보며 "선생님, 하나도 변하지 않으셨어요" 하고 덧붙였다. 칭찬이겠지?

생각지도 못 한 만남에 기분이 좋아졌다. 좋아져서 또 아는 사람 없나 두리번거렸다. 모처럼 오일장에 나온 촌사람 같다. 교보문고의 책들이 뿜어내는 기운

때문인지 글도 잘 써졌다. 다음에 오면 계단식으로 된 책 읽는 공간에서 책만 읽다 가고 싶다. 하지만 책 읽으러 여기까지 오는 집순이는 없겠지.

엄마, 여름휴가 가자

"나 여름휴가 일정 제출해야 하는데, 2박 3일로 우리 부산 여행 가자. 엄마 스케줄 어때?" 정하가 카톡을 보냈다. 여름휴가라니, 게다가 부산 여행이라니. 인생에 여름휴가라는 단어가 없었던 프리랜서 가슴이 설렜다.

"정말? 여름휴가를 엄마랑 가도 돼? 스케줄은 무슨. 무조건 너한테 맞춰야지!"

자식 다 키워놓고 보면 알게 된다. 자식이 놀아줄

때 만사 제쳐놓고 놀아야 한다는 것을. 날짜는 관광객들이 빠지고 더위가 한풀 꺾였을 즈음인 8월 후반으로 잡았다. 정하가 초등학교 여름방학 때 항상 그 무렵에 부산 여행을 갔었다. 관광객들은 일상으로 돌아가고 폭염은 한풀 꺾여서 딱 여행하기 좋은 시기다.

　디데이. 판교에서 오는 정하와 수서역에서 만나 SRT를 탔다. 따로 살다가 만나서 같이 여행 가는 건 색다른 설렘이 있었다. 코로나로 여행을 삼갔던 시간이 길어서 더 설렜다. 수서에서 부산까지는 2시간 30분. 오디오북으로 《불편한 편의점》을 들으며 갔더니 금세 도착했다. 그러나 오디오북은 속도가 느려서 오는 길에는 전자책으로 마저 읽었다. 기차역에서 '만나면 좋은 친구'는 역시 책이다.

　부산역에 내리니 감개무량해서 눈물이 날 뻔했다. 꼬맹이 정하 손잡고 왔던 곳에 성인 정하와 손을 잡고 왔다니. 정하가 멋진 어른으로 자란 만큼 부산역사도 엄청나게 넓어지고 근사해졌다. 정하는 "와, 나무 고향에 왔다!" 하며 좋아했다. 그렇다. 부산은 눈에 보이지 않지만, 같이 온 우리 나무의 고향이다. 숙소인 광안리 바다로 달려가고 싶은 마음을 잠시 접고, 가방에서 책을 꺼냈다. 우리 나무 이야기인 《어느 날 마음속에 나무를 심었다》와 부산역 간판을 배경으로 기념사진을 찍었다. 생후 45일에 부산을 떠나 16년 만에 예쁜 책이 되어 돌아왔다. 나무야, 이 정도면 금의 환향이야.

첫날은 광안리 맛집인 한우 숯불구이 집에서 점심을 먹고, 광안리 바다에서 놀다가, 인터넷에서 유명한 다찌에서 저녁을 먹는 일정이었다. 우리 가이드 럭셔리하다. 당연히 바다가 보이는 스타벅스에도 가보았다. 초록색 세이렌 마크를 보자마자 '아, 노트북 가져와서 일하면 좋겠다'는 생각부터 드는 스벅병. 민초단 정하가 좋아하는 민트 초코칩 블렌디드를 시킨 뒤 테이블 없이 바다를 전망하는 긴 소파에 앉았다. 창 너머에는 햇빛에 반짝거리는 바다, 창 안에는 행복해 죽는 모녀. '아, 인생은 아름다워…' 하는 감상은 5분을 가지 않았다. 매장이 너무, 너무 시끄러웠다. 자갈치 시장과 맞장 떠도 지지 않을 듯. 내 아무리 스타벅스의 소음에 익숙해졌지만, 이건 그의 몇 배였다. 우리는 바다 뷰의 편안한 소파를 버리고, 테이크아웃 컵으로 바꾸어 밖으로 나왔다. 늦여름 볕이 매섭게 따갑긴 했지만, 바닷가 계단에서 마시는 민트 초코칩 블렌디드도 환상이었다. 민초가 장소를 가리지 않긴 하죠.

그다음 날에는 송정리 해수욕장에 갔더니 그곳에도 대형 스타벅스가 있었다. 세이렌 마크가 보이면 들어가는 게 인지상정이지만, 그 넓은 매장에 자리가 없었다. 아쉬워하며 돌아 나오려던 찰나, 바다가 정면으로 보이는 2인석 소파 명당에 혼자 있던 분이 나가는 게 아닌가. 앗싸. 스타벅스에서 가장 희열을 느낄 때는 뭐니 뭐니 해도 어깨 떨어뜨리고 돌아서다 비는 자리 발견할 때.

편안한 소파에 앉아 바다를 보고 있으니 세월도 멈추고 나도 멈추고 시름도 멈추었다. 흐르는 것은 그저 경쾌한 재즈와 말랑한 공기. 휴가철이 지난 송정리 해수욕장은 어찌나 그림 같던지. 파란 바다색에 대비되는 신메뉴, 핑크 드링크 위드 딸기 아사이 스타벅스 리프레셔와 딸기 아사이 레모네이드 스타벅스 리프레셔는 화룡점정. 그날 이후로 두 음료 모두 서울에서 자주 마시게 됐지만, 그날 처음 마셨을 때가 가장 맛있었다. 아, 그 북새통 스벅에서도 노트북 들고 와서 공부하거나 일하는 분들이 부러웠다. 나도 한 달만 바닷가 스타벅스에서 일해봤으면 좋겠다. 자갈치 시장 같은 소음도 차단하는 비싼 이어폰 새로 사야겠지요.

몇 번이나 아이 손을 잡고 부산에 왔었지만, 일정은 언제나 해운대와 광안리에서 놀다가 횟집이나 뷔페에 가는 정도로 끝이었다. 그런데 가이드가 바뀌니 여행이 180도 달라졌다. 처음으로 관광지를 순례하고, 맛집을 돌아다녔다. 스카이캡슐도 타고 해변열차도 타고 시티버스도 탔다. 갱년기에 떠나는 수학여행 같았다.

딸의 꼼꼼한 사전 준비와 가이드 덕분에 2박 3일 부산 여행을 분 단위로 즐겁게 보내고 돌아왔다. 큰절해야 한다. 없는 살림에 마감 쫓겨가면서도 방학 때마다 아이 데리고 여행 다닌 과거의 나에게. 그 덕에 이렇게 잘 컸다. 비록 당사자는 자기가 알아서 잘 큰 거라고 주장하지만.

맛있는 것도 많고 풍광도 멋지고 볼거리도 많고, 정하와 나는 부산은 여행하기에 최고의 도시라고 입이 닳도록 찬양했다. 우리가 뽑은 부산의 결정적 단점 한 가지. 서울에서 너무 멀어요.

나고야 스타벅스에 가다

어느 휴일, 정하와 나란히 누워서 수다를 떨던 중, 정하가 휴대폰을 검색하더니 이렇게 말했다.

"엄마, 나고야 항공권이 33만 원에 떴어. 우리 나고야 가자!"

"어…그럴까…."

"경비는 내가 댈게."

"가자!"

정하는 그 자리에서 한 달 뒤의 비행기를 예약했

다. 그리고 한 달 내내 나고야 맛집과 관광지를 검색하며 스케줄을 짰다.

"엄마, 첫날 저녁에는 초밥 먹을까, 히츠마부시(나고야의 명물인 장어덮밥) 먹을까?"

"엄마, 지브리파크는 첫째 날 갈까, 둘째 날 갈까?"

"엄마 동물원 갈래? 나고야성 갈래?"

"엄마, 나바나노사토랑 시라가와고 둘 중에 어디 갈래?"

"엄마, 플라네타륨도 갈 거지? 오스 상점가는 언제 갈까?"

너무 자주 물어서 가기도 전에 지칠 뻔했다. "아무거나 먹어도 좋아" "아무 데나 가도 좋아"라고 했더니 정하는 엄마를 위해 가는 여행인데 관심이 없다고 섭섭해했다. 그렇다. 할머니 돌보느라 지친 엄마를 위한 효도 여행이었다. 마음은 너무 고맙지만, 가볍게 떠나서 그때그때 검색해서 먹고 싶은 것 먹고 가고 싶은 곳 가면 좋겠다고 생각했다. 둘 다 일본어 가능한데 뭐가 문제인가. 하지만 미리 검색하고 연구한 정하의 생각이 옳았다. 하마터면 가장 가고 싶은 곳이었던 지브리파크에 못 갈 뻔했다. 그곳은 일반 유원지와는 달리 시간대에 따라 한정된 인원만 입장해서 조기 예매를 해야 하는 게 필수였다. 공항철도며 플라네타륨이며 맛집까지 모두 예약해놓은 정하. 여행 못잖게 즐거운 것은 같이 여행지 검색하며 어디 갈지, 뭘 먹을지 설레며 기다리는 시간인데, 일이 밀려서 장단을 맞추지 못했다.

뜬금없이 나고야

그렇게 갑자기 떠나게 된 나고야 3박 4일 효도 여행. 서울에서 나고야는 생각보다 가까웠다. 비행기로 1시간 50분쯤 걸렸나. 기내식 먹고 한숨 자니 도착. 우리 집에서 공항버스 타고 인천공항 가는 시간과 별로 차이가 없다. 아이치현 나고야시는 기다란 일본 지도에서 한가운데쯤에 있다. 공항 이름도 주부中部 국제공항이다. 일본 역사를 몰라도 어딘가에서 한번쯤 들어보았을 이름들. 오다 노부나가, 도요토미 히데요시, 도쿠가와 이에야스의 출생지이기도 하다. 그래서 오다 노부나가가 죽고 난 뒤, 도쿠가와 이에야스가 도요토미 히데요시를 견제하기 위해 이곳에 나고야성을 축조한 것이다. 나고야는 이런 역사와 함께 일본에서 네 번째로 큰 도시이지만, '노잼 도시'로 유명해서 관광객이 많지 않다. 이번에도 여행하는 동안 한국말을 거의 듣지 못했다. 하지만 2022년에 엑스포 기념공원에 지브리파크를 만들며 잔잔하던 나고야가 슬슬 뜨거워지는 분위기다.

　　나고야 하면 생각나는 것은 미소(일본식 된장)와 히츠마부시와 더위였는데, 아니나 다를까. 공항에 도착하니 9월이 시작됐는데도 서울의 한여름 날씨였다. 길거리 날씨 상황판을 보니 36도. 평소 30도가 넘으면 밖에 나가지 않는 나였지만, 몇 년 만에 딸과 온 여행에 들떠서 더위도 느껴지지 않았다. 내가 보호자이고 가이드이고 물주였던 지금까지의 여행과는 질이 완전히 달랐다. 사전에 철저히 검색한 정하는 공항에 내리는 순간부터 현지인처럼 나고야역으로 가는 공항철도도 잘 타고 호텔도 척척 찾아갔다.

　　정하가 직장인이 된 뒤로 처음 온 일본 여행이었

는데, 정하의 모든 행동이 너무나 민첩해서 깜짝 놀랐다. 학생과 직장인의 차이가 이렇게 큰가. 둘 다 심한 길치였는데 나는 여전히 길치고, 정하는 길치에서 탈출한 것 같다. 정하 친구들이 들으면 "예에?" 하겠지만.

숙소는 나고야역과 연결된 JR 게이트 타워 호텔. 몇 번이나 예약하고 취소한 끝에 최종적으로 결정한 곳이다. 탁월한 선택이었다. 이번 여행이 행복했던 이유 중 하나이기도 했다. 나고야역과 호텔이 바로 연결되어 다니기도 편하고, 지하에서 13층까지 쇼핑몰이고 15층부터 호텔이어서 한 건물에서 모든 쇼핑과 식사를 해결할 수 있었다. 스탠다드룸은 넓지 않았지만, 커다란 창밖에 끝없는 철길 뷰가 펼쳐졌다. 도시 뷰, 산 뷰, 바다 뷰는 보았지만, 철길 뷰는 처음이다. 하늘과 철길이 황금 비율로 펼쳐진 창밖은 낮에는 낮대로 밤에는 밤대로 아름다웠다. 일본에서 호텔에 머물며 이렇게 창밖을 많이 본 것도 처음이다. 그동안 갔던 도쿄의 비즈니스호텔은 대체로 옆 건물 벽 뷰여서 커튼도 걷지 않았지. 물주가 달라지니 여행의 격이 상승했다.

무엇보다 이번 여행에는 스타벅스 가기 미션이

있었는데, 호텔 로비인 15층에 내리자 눈앞에 꿈처럼 스타벅스가 펼쳐졌다. 그것도 파란 하늘 아래 공중정원 같은 넓은 스타벅스가. "헐, 대박, 대박, 대박" 하면서 체크인도 하기 전에 매장에 들어가보았다. 실내 매장에서 유리문을 열고 나가면 테라스석이 있었다. 나고야 시내가 한눈에 들어왔다. 전망이 환상이다. 하지만, 전망이고 뭐고 너무 덥고 땡볕이 따가워서 이내 에어컨이 틀어진 시원한 실내로 돌아왔다. 테라스에는 파라솔이라든가 그늘막 같은 게 없었다. 그래서 더 시원하게 트인 느낌이었다. 일본 스타벅스 중에서 가장 높은 곳에 있는 이곳의 별명은 '천공의 스타벅스'. 비가 오는 날은 나가지 못한대요.

지브리파크

나고야 여행 이튿날에는 지브리파크에 갔다. 현재는 '지브리 대창고' '청춘의 언덕' '돈토코의 숲' 등 세 개 구역이 개장되어 있는데, 2024년까지 두 개 구역이 더 개장된다고 한다. 하지만 어지간한 체력과 덕후력이 아니면 다섯 개 구역을 다 도는 건 어렵지 않을까.

대창고를 돌고 나서 청춘의 언덕 구역을 올려다보니, "아이고, 공짜여도 못 가겠다" 소리가 절로 나왔다. 그렇다. 구역마다 입장권을 사야 한다. 기념으로 한 곳만 보겠다는 분들에게는 지브리 대창고를 추천한다.

대창고에는 익히 아는 지브리 애니메이션 속 공간과 캐릭터들이 재현되어 있다. 입장하자마자 빨간 창고 같은 곳 앞에 긴 줄을 발견하게 될 것이다. '한 바퀴 돌고 줄이 줄어들면 봐야지' 생각하면 오산이다. 다음 시간 입장객까지 줄을 서기 때문에 돌수록 길어지는 줄이다. 이곳이 대창고에서 가장 볼 만한 곳이어서 줄을 설 가치는 충분하다.

줄이 긴 이유는 바로 가오나시 포토존 때문이다. 전철 의자에 앉은 〈센과 치히로의 행방불명〉의 가오나시와 사진을 찍을 수 있다. 나도 지브리 캐릭터 중 가오나시를 가장 좋아한다. 아, 이렇게 말하면 마녀 배달부 키키가 섭섭해할 것 같다. 《마녀 배달부 키키》를 번역한 사람이거든요. 우리 집 책꽂이와 똑같은 책이 꽂힌 서가 앞에서 자랑스럽게 기념사진을 찍었다. 내가 번역한 《마녀 배달부 키키》는 무려 여덟 권이나 된다.

작가 가도노 에이코 님은 24년 동안 키키 이야기 여섯 권을 완결하고, 그 뒤로 특별편을 세 권까지 출간했다. 키키가 쌍둥이 엄마가 되고, 그 쌍둥이들이 성장하는 긴 이야기다.

지브리파크는 지브리 애니메이션 덕후에게 천국일 것 같다. 반대로 지브리 애니메이션을 별로 보지 않은 사람들에게는 큰 감흥이 없을지도 모른다(저요). 도쿄 미타카 지브리파크를 다녀온 사람들에게도 그 감흥이 덜할 것이다(저요). 재방송 보는 기분이다. 하지만, 딸과 손잡고 애니메이션 세계를 누비는 것 자체가 즐거웠다. 오길 잘했다. 대창고만 예약한 것은 더욱 잘했다. 이걸로 충분해.

드디어 스타벅스

호텔 로비 층에 내릴 때마다 스타벅스를 들여다보며 "와, 넓다" "와, 자리가 없어" "와, 야경 좀 봐" 감탄만 하고 다니다, 사흘째 아침에야 스타벅스에 갔다. 방에서 1분 거리. 이른 아침인데 실내 매장에는 벌써 많은 사람이 노트북을 두드리고 있었다. 유리문을 열고 테라스로 나가서 자리를 잡았다. 예전 같으면 남의 나라 카페에서 주뼛거렸을 텐데, 지난 3년 동안 스타벅스는 내 집처럼 편하게 드나들어도 되는 곳이란 걸 습득했다.

테라스는 아침부터 더워서 실내에 있을까 했지만, '15층 테라스석에서 아침을 맞이하는 호사도 별로 없을 텐데' 하고 조금이나마 그늘진 곳을 찾아 앉았다. 이 건물과 연결된 나고야역에는 출근 러쉬로 장난 아닐 텐데, 15층 스타벅스는 너무나 평화롭고 고요했다.

높은 곳에 홀로 고고히 앉은 신선 같은 기분으로 노트에 글을 쓰고 있을 때, 뒤늦게 일어난 정하도 합류했다. 우리가 주문한 음료는 기간 한정 메뉴로 나온 '오사츠 버터 프라푸치노'. '오사츠'는 고구마다. '폭신폭신한 군고구마에 버터와 꿀이 녹아 스며든 것을 이미지화해서 만든 단짠 프라푸치노'라는 메뉴 설명이 있었다. 매장 앞에 세워둔 오사츠 버터 프라푸치노 등신대를 보며 이미 그 맛을 짐작할 수 있었지만, 맛이 없을 수 없는 조합이다. '아침부터 차가운 프라푸치노를?'이라고 생각했으나, 찬 음료도 의외로 괜찮았다. 고구마스틱 튀김(이모켄피라고 한다)을 잘게 부순 토핑이 특히 맛있었다. 토피넛 라떼의 토핑 같은 느낌. 음료 가격은 690엔. 요즘 환율로 하면 6500원 정도이니 우리나라 기간 한정 음료 금액과 비슷하다. 이렇게 맛있는 음료도 매일 와서 마시면 물리겠지. 그러고 보면 기간 한정 메뉴는 첫눈에 반해 매일 만나다 질리는 연인 사이 같다. 첫눈에 반했지만 만나자마자 이별해야 하는 오사츠 버터 프라푸치노는 좋은 기억으로만 남겠구나.

우리는 테라스 한복판에 있는 커다란 원형 테이블석에 앉았는데 나오면서 보니 반은 테이블, 반은 의자로 돼 있었다. 15층에서 전망을 보며 음료를 마시도록. 테이블이라면 멋진 전망에 등을 돌리고 앉게 된다. 이 의자에 앉아서 나고야의 야경을 바라보면 좋겠지만, 바로 그 야경 때문에 해가 지면 이곳에 자리가 없다.

스벅에서 커피를 마신 뒤 방으로 돌아가서 외출 준비를 했다. 아점으로 회전 와규를 먹기로 했다. 회전 초밥이 아니고 회전 소고기다. 어느 유튜버가 이곳에서 찍은 동영상을 보고 한번 가보고 싶었다. 나고야역으로 내려왔더니, 사람들이 긴 줄을 서 있었다. 아침부터 무슨 줄인가 했더니 그 유명한 '에쉬레 버터' 줄이었다(《혼자여서 좋은 직업》의 '에쉬레 버터' 편을 참조해주시면 감사하겠습니다). 프랑스 고급 버터인 에쉬레 버터로 만드는 베이커리 이름이 '에쉬레 버터'다. 일본 전국에 매장이 딱 일곱 개 있는데, 어느 매장에나 사람들이 오픈런하는 곳이다. 그중 한 군데가 코앞에 있다. 계획에 없었지만, 이 정도면 줄이 짧은 편이니 '우리도 줄 서자' 하고 냉큼 섰다. 하지만 매장 앞에 줄이 너무 길면 지나가는 사람들에게 민폐이니 반을 잘라서 따로 만든 줄이었다. 엄청나게 기다린 끝에 그랑슈와 마들렌과 휘낭시에와 선물용 쿠키 상자 하나를 샀다. 비싸다. 힘들게 샀지만, 와규를 먹으러 가는 길이어서 바로 먹진 못했다. 어쩌다 보니 그날 내내 먹을 시간이 없어서 애물단지가….

일본 스타벅스에는 녹차가 없다

내가 스타벅스에서 가장 자주 마시는 제주 유기농 녹차. 일본 스타벅스의 녹차 맛은 어떤지 비교해보고 싶었다. 그런데 정하가 휴대폰으로 검색해보더니 일본 스타벅스에는 녹차가 없다는 충격적인 말을 했다. 세상에 그런 일이. "없는 메뉴도 주문하면 만들어준다니까 말이나 해봐"라고 한다. 그래, 녹차는 제조하고 말고 할 것도 없으니 주문하면 만들어주지 않을까.

나고야에 온 지 나흘째이자 오는 날 아침, 나는 정하가 깨지 않도록 살며시 일어나서 스타벅스에 갔다. 이곳에도 '모바일 오더'가 있지만, 나는 카운터로 주문하러 갔다.

"녹차 있어요?"

"아, 녹차는, 녹차 라떼가 있습니다."

"그냥 녹차는 없을까요?"

"네, 차 종류로는 (메뉴판에서 차를 짚어주며) 호지차와 캐모마일차가 있습니다."

여기다 대고 녹차 만들어달라고 징징대면 진상일까. 빠른 포기.

"그럼 호지차로 주세요."

"네. 머그잔으로 드릴까요?"

"네. 물티슈도 하나 주세요."

"네, 감사합니다."

우리나라처럼 매장에서 일회용 컵을 사용하면 안 된다는 규제는 없고 선택 사항이었다.

쟁반에 호지차가 담긴 큰 머그잔과 티백을 건져 놓을 종이컵과 물티슈와 영수증을 올려서 건네주었다. 영수증쯤은 아무렇게나 놓아줄 만도 한데 그마저 가지런히. 이 세심한 배려에 또… 뜨거운 녹차만 달랑 주는 우리나라 스타벅스 생각났어. 호지차는 460엔. 아메리카노 톨 사이즈 값이다.

따뜻한 호지차, 맛있었다. 아메리카노처럼 탄갈색이지만, 호지차도 녹차의 한 종류다. 녹차는 찻잎을 자연 건조하여 녹색이고 호지차는 찻잎을 강한 불에 볶아서 탄갈색이다. 로스팅으로 인해 녹차 특유의 떫은맛이 없고 구수하다. 전날 에쉬레 버터에서 산 마들렌을 갖고 와서 같이 먹었더니 찰떡이네. 정하가 일할 때 먹으라고 아티제 에쉬레 버터 마들렌을 자주 사 오는데, 일본에서 에쉬레 버터의 에쉬레 버터 마들렌을 먹고 있다. 행복한 맛이다.

3박 4일의 여행을 노트에 정리했다. 왜 나고야를

노잼 도시라고 할까. 쇼핑할 곳도 많고 볼 곳도 많고 맛있는 것도 많고 이웃 도시에 놀러갈 데도 많고 너무 즐거운 곳이었는데.

나바나노사토 꽃 공원과 깨달음

스타벅스에서 나와서 체크아웃을 하고 간 곳은 나바나노사토 꽃 공원(이하 나바나노사토)이었다. 지브리 파크에 가는 버스를 탔던 메이테츠 버스 센터에서 버스를 타고 35분 정도 고속도로를 달린다. 행정구역은 아이치현이 아니고 미에현이다. 저녁 비행기로 돌아가서 마지막까지 알차게 관광했다.

나바나노사토는 1만 3000평이나 되는 넓은 공원에 사계절 내내 꽃이 피고, 일본 최대 규모의 일루미네이션이 켜지는 환상적인 곳이다. 우리가 간 시간은 기온이 36도인 뜨거운 한낮이어서 더위에 지친 꽃이 시들시들해 있고 일루미네이션도 당연히 켜져 있지 않았다. 그럼에도 걸음 닿는 곳마다 너무 예뻐서 대화 대신 감탄사만 연발. '꽃, 조명, 식🏛'이라는 슬로건답게 곳곳에 자연과 어우러진 근사한 레스토랑들도 많았다.

오자마자 식사부터 하고 다녔더니 풍경도 또렷해지고 땡볕도 견딜 만했다. 금강산도 식후경이라는 말을 체감했다.

이곳에서 찍은 사진을 보면 배경이 합성으로 보일 정도로 컬러풀하고 신비롭고 아름답다. 일루미네이션의 규모는 듣던 대로 어마어마해서 불이 다 켜진다면 얼마나 아름다울지 상상이 되지 않았다. 실은 정하가 짠 일정에는 전날 오후에 이곳에 가기로 되어 있었다. 밝을 때는 꽃, 해지면 일루미네이션을 보기로 했는데, 둘 다 까맣게 잊어버린 것이다. 그냥 가면 아쉬우니 낮에라도 다녀오자고 해서 갔는데 오길 잘했다. 거대한 온실 속의 베고니아 가든도 장관이다. 꽃을 원 없이 본 날이다.

아이러니하게도 이 아름다운 곳에서의 하이라이트는 꽃도 뭐도 아니고 36도의 땡볕에서 나고야역 가는 버스를 기다린 시간이었다. "꽃 구경 잘~했다. 너무 예쁜 곳이야. 다음에 일루미네이션 보러 또 오자" 하고 공원을 나와서 버스를 타러 갔더니 버스가 3분 전에 떠났단다. 버스 시간표를 보니 다음 버스는 1시간 뒤.

아무것도 없는 시골길 버스 정류장, 버스 대기소가 있지만 냉방이 되지 않아 바깥보다 더웠다. 나고야 온 첫날에는 플라네타륨에 5분 늦게 도착해서 입장하지 못해 좌절했는데, 떠나는 날에는 이런 절망이 기다리다니. 이건 오리지널 진짜 찐 멘붕. 고도를 기다리는 두 사람처럼 폭염 속에서 버스를 기다렸다. 우리의 감정은 절망과 좌절에서 해탈과 무념무상으로 바뀌어갔다. 휴대폰으로 버스 대기소에 있는 정하를 찍었는데 엽서 그림처럼 나와서 "우리 이 사진 건지려고 이렇게 기다렸나봐" 하고 즐거워하기도 했다. 드디어 버스가 왔을 때는 구조선을 만난 듯이 기뻤다. 일주일치 희로애락을 1시간으로 농축하여 맛본 느낌이었다.

딸과 함께한 맛있고 신나고 행복한 나고야 여행, 모든 순간이 즐거웠는데 마무리마저 본의 아니게 멋있었다. 그날 이후로 대중교통이든 뭐든 기다리는 시간이 아무리 길어도 "1시간 미만 잡"이라고 생각하며 느긋이 기다린다. 스타벅스에 주문 대기자가 20~30명 넘어도, 투덜거리지 않는다.

4부

가을

참견

옆자리 앉은 초로의 아주머니 두 분이 자식 자랑 배틀을 하다가
더 자랑할 게 없는지
아는 사람 자식 자랑까지 하고 있다.
"내 친구 아들은 로스쿨 나와서 한촌 들어갔잖아.
거기 되게 큰 로펌이야."

한촌은 설렁탕집이고, 로펌은 율촌이겠지요.

편견

바람이 살랑살랑 부는 상쾌한 아침이다. 9월이 되자마자 아침 분위기가 이렇게 달라지네. 기분 좋게 스타벅스에 갔더니 내가 좋아하는 자리도 비었고, 9월 신메뉴도 나왔다. 오늘은 호두 블랙티 라떼를 주문했다. '오, 맛있는데?' 아이스크림이든 음료든 호두가 들어가면 무조건 좋아한다. 오트밀크에 블랙티, 호두 시럽, 호두 토핑, 호두 크림폼. 추가별 주는 기간 동안 물릴 때까지 마실 것 같다.

상쾌한 바람과 맛있는 음료로 시작하는 하루, '작업 진도 쭉쭉 뽑자' 하고 야심만만하게 일을 시작했다. 내가 앉은 자리는 4인석 테이블 다섯 개가 있는 긴 소파석이었다. 각 테이블에 한 명씩 앉아 있다. 너무도 평화로운 분위기다. 음악도 좋고 조용하기도 해서 이어폰을 끼지 않고 있었는데, 갑자기 고요와 평화를 깨며 육두문자 뒤섞인 여성의 목소리가 날아들었다. 헉, 하고 놀라서 슬쩍 돌아보니 바로 옆에는 청년, 그 옆에는 아주머니, 그 옆에는 긴 머리에 청순하게 생긴 젊은 여성. 아주머니와 젊은 여성은 둘 다 폰을 보고 있고 둘 다 마스크를 쓰고 있다. 너무나 자연스럽게 범인은 아주머니일 거라고 생각했다.

그런데 다시 육두문자가 들려서 소리의 원천을 찾아보니 아주머니가 아니고 젊은 여성이었다. 누구한테 욕하는지 모르겠지만, 듣기 민망한 쌍욕이 계속 이어졌다. 얼른 이어폰을 끼고 국카스텐 노래를 크게 틀었다. 충격이었다. 나도 '아줌마'지만, 태어나서 한 번도 육두문자를 써본 적 없다. 스벅에서 전화가 오면 밖에 나가서 받는다(카페에서 그럴 필요까진 없지만, 주변에 공부하는 사람들에게 방해될까봐). 그런데 육두문자로 전화 통화하는 소리에 너무도 당연하게 아주머니를 의심했다. 반성, 대반성. '공중도덕 안 지키는 사람=아줌마'라는 편견이 아줌마인 내 머릿속에도 뿌리박혀 있었다니.

무섭다. 조용한 카페에서 육두문자하는 젊은 여성이 아니라, 나의 편견이.

휴대폰과 어무이

오늘의 음료 호두 블랙티 라떼

오전에 스벅에 와서 시간 가는 줄 모르고 교정지를 보았다. 아니, 시간 가는 줄은 알았는데 집중이 잘돼서 진도를 더 나가고 싶었다. 대충 마무리하고 보니 3시간이나 지났다. 매장을 둘러보니 빈자리가 거의 없다. 어느새 점심시간이 되어 허둥지둥 가방을 챙겨서 나왔다. 집까지는 1킬로미터. 일을 열심히 했다는 뿌듯함과 뭔지 모를 찜찜함이 동시에 들었다. '카페에 오래 있어서 찜찜한 거겠지' 하고 집에 도착…하자마자,

찜찜함의 정체를 깨달았다. 휴대폰이 없다! 심장이 제멋대로 뛰어다니는 소리가 들렸다. 쿵쾅쿵쿵쾅쾅. 절망·암흑·좌절·공포.

　　노트북을 켜서 카톡으로 정하에게 휴대폰 분실 사실을 전했다. 정하가 이리저리 전화해서 알아본 결과, 휴대폰은 스벅 카운터에서 보관하고 있었다. 광명. 왔던 길을 헉헉거리며 다시 갔다. 카운터의 파트너가 휴대폰의 참주인인지 확인하느라 "휴대폰 배경 화면이 뭐예요?" 하고 물었다. "강아지예요" 대답했지만, 잠긴 휴대폰의 배경 화면이 보일 리 없다. "거기 주민등록증이 있는데 사진으로 확인해주실래요?" 그랬더니 휴대폰에서 주민등록증을 꺼냈다. 주민등록증과 휴대폰을 번갈아 보며 살짝 갸웃거린다. 그럴 만도 하다. 지금 나는 2킬로미터를 오가느라 산발인데다 휴대폰 때문에 넋이 나간 맨얼굴, 주민등록증 사진은 책에 실을 프로필 사진 찍느라 풀 메이크업에 보정까지 한 것이다. 동일 인물로 보이지 않을 만도 하다.

　　우여곡절 끝에 휴대폰을 찾아 집에 와서 통화 목록을 보니, 휴대폰 분실 사실을 알리느라 스벅 직원이 엄마한테 전화를 한 기록이 있었다. 그런데 통화 시간이 길다. 몇십 초면 끝날 걸 몇 분이나 했다. 위험한 기운이 감돈다. 귀가 어두운 80대 경상도 할매와 정하보다 어려 보이는 스벅 파트너와의 통화, 안 봐도 비디오지만 엄마에게 전화를 해보았다.

"니 커피 마시는 집에 전화기 놓고 갔다매? 인제 찾았나? 니가 스타라 카대. 그래가지고 우리 딸이 일본 글 버녁한다 캤지. 아하하하."

아악, 이럴 줄 알았다. '스타벅스'에서 알아듣는 두 글자만 듣고 바쁜 사람한테 쓸데없는 소리를…. 정하도 할머니 경상도 사투리를 잘 알아듣지 못하는데, 파트너님도 못 알아들었기를 바랄 따름이다. 그분, 아르바이트 그만두실 계획은 없으려나. 창피해서 한동안 다른 지점 스벅에 가야할 것 같다.

스타벅스 앞 도서관

오늘의 음료 호두 블랙티 라떼

자주 가는 우리 동네 스타벅스에서 길을 건너면 아담한 도서관이 있다. 도서관에서 600미터 더 걸어가면 산도 있다. 뜬금없이 부지런하게 살고 있는 요즘, 스타벅스에서 두어 시간 일하고 나오면 길 건너 도서관에 가서 책을 읽거나 고양이 간식을 사서 산에 간다. 비루한 체력으로 산에 뻘뻘 올라가는 건 아니고, 숲길 산책하다 고양이를 만나면 간식을 주고 오는 정도다. 나 같은 사람들이 많은지 이곳 고양이들은 집고양이

233

못잖게 반질반질 토실토실하다. 내가 작가가 되는 상상은 해본 적 있지만, 이렇게 대낮에 부지런하게 돌아다니는 삶은 상상하지 못했다. 심지어 그렇게 무서워하던 고양이에게 간식 주는 날이 올 줄이야. 사람은 변하지 않는다고 하는데, 더러 변하기도 하는 모양이다. 일시적으로나마.

녹차를 마시며 글을 쓰는데 머릿속에 단어가 다 빠져나간 느낌이 들었다. 그래서 오늘은 미련없이 가방을 싸서 나와 길 건너 도서관으로 갔다. 방전된 뇌를 바로 충전할 수 있다니, 스타벅스 앞에 도서관이 있는 것은 이렇게 은혜롭다.

평소에는 도서관에 가면 문예지나 산문집을 읽는데, 오늘은 계단을 오르다 어린이 자료실 앞에 멈추었다. 요즘 어린이들은 어떤 책을 즐겨 읽는지 궁금했다. 인기 있는 책들은 한눈에 알아볼 수 있었다. 낡고 테이프 자국이 많다. 그만큼 대출을 많이 한 것이다. 그런 책은 여러 권 구비해두면 좋을 텐데, 예산이라는 게 있겠지.

동화책 몇 권을 읽고 늘 가는 종합 자료실로 가서, 서가에 있는 내 산문집을 찾아보았다. 완벽한 새 책이다. 무라카미 하루키의 책들은 폐기 처분 해야 할 정도로 낡았는데. 내 책에 '우리 동네 사람이 쓴 책'이라고 붙여놓으면 좀 읽으실까. 조금이라도 낡으면 새 책으로 바꿔놓을 생각이지만, 낡기도 전에 서가 복잡해져서 쫓겨날 것 같다.

아무도 읽은 흔적이 없는 《혼자여서 좋은 직업》과 《어느 날 마음속에 나무를 심었다》를 대출했다. 기기에 올려놓자마자 대출 등록 끝. 책 뒤의 대출 카드에 이름 쓰던 시절에 상상도 못 한 기계다. 사서 선생님이 작가와 대출자 이름이 같다는 사실을 알 일도 없다. 이렇게 간편 대출기 세대들은 영화 〈러브레터〉에 나오는 대출 카드의 의미를 이해할 수 있을까?

이러다 모든 게 디지털화하여 종이책조차 없어지는 건 아닌지 모르겠다. 인터넷으로 전자책을 대출하면 되니 도서관에 가는 일도 없어지겠지. 종이책은 박물관에서 자고 있다가 견학 온 아이들 웅성거리는 소리에 잠에서 깨게 되려나. 내 후손이 "와, 저기 우리 증

조할머니가 쓴 《스타벅스 일기》가 있어" 하고 친구들에게 막 자랑하고. 10년 전만 해도 그런 건 SF 소설에나 나올 일이라고 생각했지만, 눈앞의 현실을 보면 SF 세상은 이미 펼쳐진 것 같다.

그러나 후손이 생기는 건 영원히 SF일지도.

가보고 싶은 곳

오늘의 음료 제주 유기농 말차로 만든 크림 프라푸치노

"누나, 가보고 싶은 곳 있어?"

"있지. 스타벅스의 스태프 룸."

마스다 미리의 만화 《우리 누나》에서 이런 내용이
나왔다. 이 문장을 번역하고 있는 나는 지금 그 스태프
룸 앞에 앉아서 작업하고 있다. 스태프 룸 문에는 '파
트너 공간'이라고 쓰여 있다. 나는 이 공간이 전혀 궁
금하지 않은데, 마스다 미리는 하고많은 곳 중 왜 스타

벅스 스태프 룸이 궁금한지가 궁금하다. 대신 들여다봐줄까 싶지만, 이상한 아줌마로 찍히면 다음부터 창피해서 이 매장에 못 올지도 모르니 자제하기로.

《우리 누나》는 사회초년생인 남동생 시점에서 본 베테랑 회사원 누나 이야기로 다섯 권짜리 시리즈다. 일본에서는 드라마로도 나왔다. 마스다 미리의 트레이드 마크인 사소하고 하찮은 대사들이 뼈를 때려서 공공장소란 걸 잊고 킥킥거리면서 번역 중이다. 이 사람 나와 유머 코드가 잘 맞는다. 감성도 비슷하다. 생각도 비슷하다. 번역한 글인지 내가 쓴 글인지 모를 정도다. 나이도 세 살 차이로 같은 세대 사람이다.

하지만 결정적으로 다른 게 있다. 명성과 부. 달라도 너무 다르다. 오사카에서 2년제 대학을 졸업한 뒤 직장 생활하다 무작정 상경하여 일러스트를 시작했다는 마스다 미리. 학연도 지연도 없는 도쿄에서 오로지 일러스트로 승부하여 지금은 만화가, 에세이스트, 소설가로 맹활약 중이다. 초창기 에세이부터 번역한 사람으로서 그의 대대적인 성공은 기쁘기도 하고 부럽기도 하다.

옆자리 젊은 여성이 《우리 누나》 원서를 자꾸 흘끗거린다. 마스다 미리를 아는 눈치다. 한 번 본 사람은 누구나 기억하는 그림체다. '저게 왜 저기 있지?' 하고 의아해하는 느낌이 같은 소파를 통해 전해진다. 원서를 보며 노트북 치고 있으니 번역하는 사람이란 걸 추측하겠지만, 그래도 더 자세히 관찰하면 곤란하니 그만 집에 가자.

중간고사 공부하는 학생들

오늘의 음료 오텀 로드 애플 블랙티

오텀 로드 애플 블랙티는 '건조 사과칩이 두 개 든 따뜻한 사과 주스 맛 위로 살짝 지나가는 블랙티 맛'이다. 오늘도 음료 맛을 커닝했다. 달달하고 따뜻한 차를 마시니 마음이 평온해진다. 그러나 평온해진 다음에 밀려오는 것은 '이 당, 내가 감당할 수 있는 당인가' 하는 불안. 달아. 너무 달아.

오후 4시 넘은 시간에 카페에 왔더니 고등학생들이 많다. 얼마 전부터 교사인 친구들이 단톡방에서 시험 문제 출제 이야기를 하던 걸로 보아, 아마 중간고사 기간인 모양이다. 옆 테이블에 앉은 고등학생 두 명은 영어 참고서를 펴놓고 내내 휴대폰만 보고 있다. 이해한다. 어른인 나도 일하러 와서 휴대폰만 보고 있다.

50대인 내 친구들에게 "학창 시절로 돌아간다면?"이라는 질문을 하면 공부 잘했던 친구들은 "열심히 놀 것 같아"라고 하고, 공부 안 했던 친구들은 "열심히 공부할 것 같아"라고 한다. 자기가 하지 않은 것에 미련을 갖기 마련인 모양이다. "행복은 성적순이 아니잖아요" 하고 야자 땡땡이치던 친구들도 자식한테 공부하라고 닦달하는 엄마가 됐다. 행복은 성적순이라고 인정하는 걸까. 나는? 나는 어중간하게 열심히 공부한 편이어서 제대로 열심히 공부하고 싶다. 평소에는 소설책 읽으며 놀다가 시험 전 열흘 동안 벼락치기로 공부해서 성적을 유지했다. 와중에 머리는 나쁜 편이 아니어서 결과는 무난했지만, 잔머리 굴리며 공부한 과거의 나 때문에 현재의 내가 고생인 것 같다. 아, 그러고 보니 미래의 나는 지금의 나를 원망할 것 같다.

'과거의 네가 운동을 하지 않아서 지금 온몸이 아프잖아' 하고.

젊은 사람들은 "미래의 내가 알아서 하겠지"라며 오늘을 즐겁게 살지만, 네, 잘하고 있습니다. 올지 안 올지도 모르는 미래 따위.

중고등학교 때, 전교 3등 안에 드는 아이들은 어른이 되면 무슨 일을 할지 궁금했다. '현숙이는 뭐가 될까' '영숙이는 뭐가 될까' '옥순이는 뭐가 될까'. 안타깝게도 학생 때는 도시를 넘나들며 전학을 다니고, 어른이 돼서는 나라를 넘나들며 이사를 다닌 탓에 동창들과 거의 교류가 끊겼다. 그들의 소식을 간헐적으로 듣게 된 건 마흔이 넘어서였다. 공부를 잘한 친구들은 잘한 대로 좋은 직업을 갖고 있었다. 공부를 열심히 하지 않은 친구들도 풍요로운 생활을 하고 있었다. 학교 때 성적과 관계없이 힘들게 사는 친구들은 수면 위로 올라오지 않아서 내게 좋은 소식만 들렸을지도 모른다. 소식이 궁금한 친구들이 있는데 아무도 그들의 안부를 알지 못했다.

그나저나 1시간 넘도록 휴대폰만 보는 옆 테이블 고등학생들을 보니 내가 슬슬 애가 타네. 아가들아, 이제 공부 좀 하지 않겠니.

스타벅스 교복

오늘의 음료 아이스 호두 블랙티 라떼

추석 연휴 첫날, 정하랑 스타벅스에 갔다. 혼자 다니던 스타벅스에 딸과 같이 가니 너무 좋았다. "엄마는 주로 이 자리에서 일해" 하고 늘 앉던 자리에 같이 앉았다. 정하는 아이스 블랙 글레이즈드 라떼. 나는 아이스 호두 블랙티 라떼를 주문했다. 내가 좋아하는 호두 토핑이 듬뿍 들어 있어서 벌써 몇 번째 마시는지. 그런데 오늘은 토핑 없는 호두 블랙티 라떼가 나왔다. 토핑이 떨어진 모양이다. 안 돼. 호두 토핑이 없는 건

앙꼬 없는 찐빵 같은 것. 앙꼬 없는 찐빵은 찐빵이 아니라 풀빵이라고요.

호두 토핑이 없어서 툴툴거리다 나는 번역을 시작하고, 정하는 상사가 추천했다며 《구글의 아침은 자유가 시작된다》를 폈다. 책을 추천하는 상사라니 멋있지 않은가. 그러나 한 페이지도 채 읽지 않고 재잘재잘. 일하는 데 집중이 되지 않는다. 그래, 일 좀 안 하면 어때. 모처럼 만난 딸과 대화가 중요하지. 아예 노트북을 덮고 본격적으로 수다를 떨었다. 정하가 말했다.

"엄마, 스타벅스 오는데 너무 거지같이 입고 다니는 거 아냐?"

후줄근한 맨투맨 티셔츠와 고무줄 바지가 내 스타벅스 교복이다. 춘추복, 동복. 계절마다 있다. 듣고 보니 거지 같긴 하네. 멋지게 차려 입고 와야 하는 곳은 아니지만, 동네라고 너무 편하게 다닌 경향이 있다. 지난번 부산 여행 때 정하가 파크하얏트 호텔을 예약해서 몇 십 년 만에 5성급 호텔을 갔는데, 그때도 오늘처럼 옆집 슈퍼 가는 차림이었다. 정하가 편하다 못해 남루한 내 차림새를 보고 말했다.

"엄마는 나이보다 젊어 보여서 옷만 잘 입으면 얼마든지 더 예쁠 텐데, 이제 좋은 옷 좀 사 입어."

아니, 그런 말은 집에서 나올 때 하라고. 자기도 늘 보던 엄마 모습에 별생각 없다가 5성급 호텔 이용하는 아주머니들의 부티 나는 패션을 보니 비교가 되던 모양이다. 말은 그렇게 해도 내 손을 꼭 잡고 다닌다. 같이 다니기 창피할 정도는 아닌가 보다. 입성이든 태도든 말이든 타인은 속으로 흉보지만, 자식은 겉으로 지적을 해주니 참으로 감사하다. 그래서 지적받을 때마다 20대 시선으로 보는 나의 문제점을 고치려고 애쓴다. 50대인 내가 80대 엄마의 행동을 보며 '왜 저렇게 주책이실까' 생각하는 것과 마찬가지일 터.

딸의 지적 덕분에 인터넷 쇼핑몰에서 좀 품위 있어 보이는 교복을 주문했습니다.

보름달 보며 소원 빌기

오늘의 음료 호두 블랙티 라떼

추가별 기간 내내 꿋꿋이 호두 블랙티 라떼를 마시고 있다. 슬슬 물리는 걸 보니 추가별 기간이 다 돼가는 모양이다. 행사 기간이 끝날 때까지 물리지 않는 신메뉴는 없는 것 같다. 살짝 물렸다가 다음 해에 등장하면 또 맛있게 마신다(이를테면 봄의 슈크림 라떼나 가을의 블랙 글레이즈드 라떼, 겨울의 토피넛 라떼처럼). 좋다고 맨날 붙어 있다 보면 지겨워지지만, 1년쯤 떨어졌다 만나면 반가운 그런 사람 관계와 비슷하다. 이것도 다 젊을 때

247

이야기긴 하다. 나이 들면 친하고 안 친하고를 떠나 사람을 자주 만나지 않게 된다.

어제는 정하와 둑방에 가서 한가위 보름달을 보며 소원을 빌었다. 해마다 한가위 보름달을 보며 소원을 빈다. 구름 사이로 보름달이 떴다. 정하가 먼저 달님을 향해 두 손을 모으고 "좋은 아파트로 이사 가게 해주세요" 하고 빌었다. 나는 "우리 정하, 멋진 남자 친구 만나게 해주세요" 하고 빌었다. 그랬더니 정하가 버럭하며, "엄마! 그렇게 쓸데없는 소원에 기도를 분산하지 마. 통일해"라고 했다. 그래서 할 수 없이 "좋은 아파트로 이사 가게 해주세요" 하고 빌었다.

수십 년 동안 보름달 보면서 비는 소원들은 비슷했다. "우리 정하 공부 잘하게 해주세요" "우리 나무 건강하게 해주세요" "우리 정하 좋은 회사 가게 해주세요" "좋은 책 많이 번역하게 해주세요".

이런 소원들은 그래도 현실 가능하고 이루어질 수 있는 소원이었는데, 집값이 넘사벽인 요즘 세상에 좋은 아파트는 너무 현실성 없는 기도이지 않나. 달님이 그런 소원을 다 들어준다면 세상에 무주택자가 없겠지. 하지만, 이제 나무가 달님 옆에 있으니 힘 좀 써 줄지도 모른다. 그런 망상을 하다 보니 달에서 방아를 찧는 게 토끼가 아니라 우리 나무로 보인다.

나무야, 정하 언니 좋은 남자친구 생기게 해주렴 (끈질기다).

사과하는 방법

몇 년 전만 해도 당근마켓에 스벅 프리퀀시 교환
글이나 거래 글이 올라올 때마다 '대체 프리퀀시란 게
뭐길래 사람들이 이렇게 난리인가' 궁금해했던 내가
지금은 프리퀀시 시즌을 기다리고 있다. 당근마켓에서
프리퀀시를 교환하고 거래도 한다. 프리퀀시 기간에는
보통 음료 17잔을 마시고 완성하는 프리퀀시 판을 두
번 정도 모으지만, 2022 여름 프리퀀시 때는 끌리는 증
정품이 없었다. "왜 내가 모으기 시작하니까 프리퀀시

증정품이 이런 거지" 하고 투덜거렸다. 그리고 그나마 여행 갈 때 들고 다닐 만해 보이는 서머 캐리백을 신청했다. 초록색 캐리백이 마음에 들었지만 품절되어, 빨간색으로 신청하고 수령 기간을 기다렸다.

그런데 먼저 캐리백을 받은 사람들의 평이 좋지 않았다. 오징어 냄새가 난다는 사람도 있었고, 무거워서 불편하다는 사람도 있었다. 우리는 캐리백을 수령해서 뜯어보지도 않고 2만 원에 당근마켓에 올렸더니 바로 팔렸다.

그리고 잊어버린 캐리백이었는데 어느 날 뉴스에 대대적으로 등장하는 게 아닌가. 발암물질인 포름알데히드가 검출됐다고. 앗, 우리는 누군가에게 발암물질을 비닐에 싼 채 토스한 것인가. 본의는 아니었지만, 미안한 마음이 들었다. 한편으로 다행이라는 생각도 들었다.

스타벅스는 고객에게 대대적으로 사과했다. 그리고 캐리백을 가지고 오면 무료 음료 쿠폰 세 장을 준다고 했다. 무료 음료 쿠폰으로 가장 비싼 음료 세 잔 시키면 대략 2만 원이다. 잘됐다. 우리한테 캐리백 사신 분이 잘 바꿔서 드셨기를. 보상이 미흡하다는 이야기가 있었는지 이번에는 캐리백 신청한 사람 모두에게 새로운 증정품과 3만 원짜리 기프티카드 중 택일하게 했다. 웬 떡이람. 나는 당연히 기프티카드지. 별다른 절차 없이 쓱 넣어주었다. 별로 마음에 들지 않았던 프리퀀시 증정품이 무려 5만 원짜리로 바뀌었다.

서머 캐리백 사태는 이런 물질적 보상과 대표이사가 사임하는 등 대대적인 사과로 마무리됐다. 일련의 과정을 쭉 지켜보며 생각했다. 사과란 "요만큼하면 되겠지"가 아니라 상대방이 "뭘 그렇게까지"라고 말할 정도로 해야 제대로 하는 거구나. 그러려면 역시 돈이 많이 드는구나.

스벅에서 야한 만화책을 번역하다

오늘의 음료 할로윈 초코 헤이즐넛 프라푸치노

한동안 스타벅스에 오지 못했다. 다른 사정이 있었던 건 아니다. 요즘 작업하는 만화책이 부피가 커서 좁은 테이블에 세우긴 무리일 것 같아서였다. 그러나 집에서 붙들고 있어도 도통 진도가 나가지 않았다. 나무늘보가 느려도 이 책 번역하는 내 손보다는 빠르겠지. 할 수 없이 만화책을 들고 스타벅스에 오고 말았다. 마침 할로윈 음료가 나와서 초코 헤이즐넛 프라푸치노를 주문했다. 화이트초콜릿으로 만든 마녀 모자

강아지가 토핑으로 올려져 있다. 귀엽고 맛있다. '오늘은 동화와 성인물의 조화네' 하고 혼자 좋아했다.

이 책은 무라카미 하루키의 단편소설을 각색한 만화인데, 프랑스 만화가가 그렸다는 것이 특징이다. 그림체도 독특하고, 무엇보다 그림이 야하다. 성인이지만 성인물을 싫어하는 나는 사양할까도 생각했다. 정하에게 "그림체가 낯설고 야해" 하며 PDF 파일을 보여주었더니, "그림체 멋있는데 왜? 엄마는 텍스트만 보면서 번역하면 되잖아"라고 했다. 아, 젊은이 눈에는 멋있구나. 그럼 해야지. 주 독자층과 나이가 멀어질수록 내 안목을 믿을 수 없다. 그림과 관계없이 무라카미 하루키 원작이다. 그림보다 텍스트에 집중하면 된다. 우리나라에도 번역된 단편이지만, 읽어보지는 않았다.

TMI인데 나는 일본 문학 번역서를 읽지 않는 편이다. 원서로 읽으면 되니까 굳이 번역서를 읽지 않는다. 하지만 진짜 솔직한 이유는 좋은 번역서를 만나면, '아, 이 책을 내가 번역했더라면 얼마나 좋았을까' 하는 생각에 배가 아프다. 같은 이유로 서점에서도 일본 문학 코너는 잘 가지 않는다. 쪼잔하다.

만화는 총 아홉 권으로 한국의 여러 번역가가 번역에 참여하는데, 여기서 나는 〈셰에라자드〉 편을 맡았다. "한 번 할 때마다 그녀는 신비롭고 흥미로운 이야기를 한 가지씩 들려주었다. 《천일야화》의 셰에라자드처럼"이라는 지문 한 줄로 내용이 요약된다. 그 '한 번 하는' 그림이 춘화 급이지만, 셰에라자드처럼 그녀가 들려주는 이야기는 신비롭고 흥미롭다. '이렇게 재미있는데 왜 그동안 번역을 못했을까' 하면서 꼬박 2시간을 부지런히 번역했다.

스벅에서 2시간이 지나면 사지도 뒤틀리고 집중력도 떨어진다. 매장에서는 가라고 하지 않는데, 몸이 가라고 한다. 그래도 '오늘은 어떻게든 끝내고 가야지' 하고 에너지 장전을 위해 에그 샌드위치를 주문했다. 샌드위치를 먹으면서 친애하는 편집자에게 스타벅스에서 작업하는 사진을 찍어서 카톡으로 보냈다. 바로 'ㅋ'을 하염없이 찍은 답장이 왔다. 마침 펼쳐진 페이지에 너무나 적나라하고 야한 그림이 양면 가득 펼쳐진 것이다. 아아, 미처 의식하지 못했는데 지나가는 청소년은 없었겠지. 무라카미 하루키 소설의 주요 소재 중 하나가 섹스여서 피해갈 수 없다.

테이블에서 몸을 떼고 편집자가 깔깔 웃은 그림을 감상했다. 절대로 익숙해지지 않을 줄 알았는데, 번역을 마칠 즈음이 되니 이 그림체 너무 귀엽다. 사랑스럽다. 꽃도 아니면서, 너도 오래 보아야 사랑스러운 것이었더냐. 그림체가 무라카미 하루키다운 스토리를 배가시킨다.

샌드위치를 다 먹고 남은 일을 마저 하려는데, 점심시간인지 옆자리에 직장인 팀이 와서 앉았다. 앉으면서 그들의 시선은 춘화 급 그림이 있는 만화책으로…. 엄마 몰래 성인지보다 들킨 아이처럼 후다닥 덮고 가방을 챙겨서 집에 왔다. 아아, 샌드위치 괜히 사 먹었어.

• 《무라카미 하루키 단편 만화선 세트》, 무라카미 하루키 원작·PMGL 만화·권남희 외 옮김, 비채

60대 남자 어른들의 대화

오늘의 음료 블랙 글레이즈드 라떼

　　작년 가을에 처음 블랙 글레이즈드 라떼를 마셨을 때, '오, 이렇게 맛있는 라떼가 있나' 싶었다. 즐겨마시다 보니 이내 가을과 함께 사라졌다. 그리고 올가을에 다시 돌아왔다. 언제 그렇게 좋아했나 싶게 너무나 '아는 맛'이어서 끌리지 않았다. 그래서 들어갈 때가 된 오늘에야 주문했는데 오 역시 맛있는 맛, 반가운맛. 몇 잔 더 마시고 보낼걸.

60, 70대로 보이는 남자 어른 두 분 뒤에 앉았다. 나이 들수록 목소리가 커지는 것은 청력이 노화하기 때문이란 걸 나도 나이 들어가며 알게 됐다. 테이블 폭이 70센티미터 정도일까. 상대가 코앞에 있지만, 두 분다 목소리가 크시다. 두 분의 넋두리 같은 대화를 듣자니 '남자는 60, 70대 때 가장 주눅이 들겠구나' 하는 생각이 들었다. 아예 노인도 아니고 그렇다고 중장년에 속하는 것도 애매하다. 자영업자가 아니라면 하던 일에서 물러났을 터. 현역을 떠난 그들이 느끼는 감정은 섭섭함, 서러움, 서글픔.

한 분이 유명한 카페에 간 얘길했다. 주문 마감이라고 해서 그냥 나왔는데 뒤에 온 젊은이들 주문은 받더라며, 이제 카페에서도 꺼리는 나이가 됐다고 쓴웃음을 지었다. 다른 한 분이 격하게 공감했다. 자기는 집에 가도 가족들이 거들떠보지도 않는다고, 아내와 가족에게 소외당하고 있다고 한탄했다.

아버지들이 그런 대우를 받는다는 이야기는 종종 듣는다. 슬픈 현실이다. 무엇이 문제일까. 젊은 시절 가족에게 상처를 주어서일까. 무능해져서일까. 내 아버지도 생전에 그런 대우를 받았지만, 이유는 두 가지 다였다. 가부장적이고 가정보다 일을 우선시하고 가족보다 친구를 더 좋아한 아버지들이 대체로 이런 말로를 맞는 것 같다. 하지만 소수 무리에서든 다수 집단에서든 소외당하는 것은 고통스럽다. 측은지심이 유난히 많은 탓에 잠깐 들은 그들의 대화가 굉장히 마음 아팠다. 그때, 한 분의 휴대폰이 울렸다.

그는 전화를 받더니 몇 마디 나누지 않고 끊으면서 이렇게 투덜거렸다.

"우울증이 심한 놈이어서 내가 연락을 피하는데 잘못 받았네."

소외당하는 사람도 누군가를 소외시키고 있었다. 누군가가 우울증으로 자살하면 '그렇게 힘들면 나한테 말을 하지'라고 지인들은 SNS에서 애도하지만, 힘들 때 연락하면 저렇게 귀찮아하는 게 사람이다. 설 자리 없어진 아버지들 짠하게 생각하다가 싸하게 식었다. 나도 참 주제넘게 누굴 걱정하는지. 하여간 쓸데없이 남발하는 인류애가 문제다.

아빠 칭찬하기는 어려워

오늘의 음료 아이스 녹차

갑자기 쌀쌀해졌다. 경량 패딩을 입고 왔는데도 춥다. 따뜻한 녹차와 에그 샌드위치를 '따뜻하게 데움'으로 주문했다. 그, 그런데 나온 것은 얼음 가득한 아이스 녹차. "헉, 제가 따뜻한 음료 시키지 않았어요?" 했더니 아이스로 시켰단다. "아이고, 잘못 눌렀네요" 하고 웃으며 받아왔다. 하필 이렇게 추운 날에 아이스 녹차로 잘못 누르다니. 오는 길에 계속 따뜻한 녹차를 그리며 와서는.

그, 그, 그런데 에그 샌드위치는 분명히 '따뜻하게 데움'을 선택했는데 데워주지 않아서 차가웠다. 데워 달라고 하려다가 번거롭게 하는 게 같아서 그냥 먹었다. '추운 날 차가운 거 먹고 정신 차리고 일해야지' 했지만 추워서 계속 덜덜덜.

대학생으로 보이는 딸과 엄마가 와서 진지하게, 가끔 흥분하며 이야기를 나누었다. 딸의 목소리가 얼핏 들리는데 아빠와 냉전 중이어서 속상함을 털어놓는 것 같다. 하아, 나도 많이 들었지. 아주 많이. 그럴 때마다 나도 같이 욕하고 싶었지만, '교육상 좋지 않아' 하고 애써 아빠 편을 들었다. 그러면 정하가 한마디 했다.

"엄마, 그렇게 교육적인 멘트 하지 않아도 돼."

당황해서 "아냐, 진짜로 아빠는…" 하고 수습했지만 소용없었다.

옆자리 엄마도 아빠 편들며 교육적인 멘트를 하지만, 딸은 반발했다. 아이와 아빠 사이에서 엄마가 할 수 있는 게 그것뿐이긴 한데 어머니, 애들이 다 알더라고요. 우리가 너무 영혼 없이 칭찬해서 그런가 봐요.

남의 집 부녀 사이 차가운 건 알 바가 아닌데, 차가운 녹차와 차가운 샌드위치를 먹고 나니 내 몸이 덜덜거려서 번역 조금 하다가 집에 왔다. 벌써 이렇게 떨어서 겨울에는 잘 다니려나.

스타벅스의 남학생들

오늘의 음료 자바 칩 프라푸치노

재작년까지만 해도 스타벅스에는 1년에 한두 번 갔다. 명절에 친정 다녀오면서. 그마저도 테이크아웃을 했었다. 나무가 무지개다리를 건너기 전까지는 카페에서 느긋하게 차를 마시는 일은 생각할 수 없었다. 테이크아웃 하는 음료는 언제나 자바 칩 프라푸치노. 내게는 그게 세상에서 가장 맛있는 음료였다. 스타벅스에서 일을 하기 시작한 뒤로 '왜 자바 칩 프라푸치노 생각을 못 했을까' 문득 생각이 나서 잊어버린 추억을 찾듯 자바 칩 프라푸치노를 주문했다. 두어 모금 마셨을 때 깨달았다. 이게 그렇게 맛있었던 것은 1년에 한두 번 마시던 희소성 때문이었다. 그리고 명절을 보내고 딸과 함께 집에 오며 수다 떠는 그 길이 행복해서였다. 스타벅스에 거의 매일 오는 요즘 모든 음료 맛은 스벅에서 스벅이어서 특별한 감흥이 없다. 자바 칩 프라푸치노는 그냥 행복한 명절의 맛으로 기억해두어야겠다.

　

　날씨도 쌀쌀한데 괜히 추억에 젖어 차가운 음료를 주문했다고 후회하며 작업을 시작하는데, 파트너 한 명이 다가왔다. 내게는 아니고, 옆 테이블 남학생들에게. 카운터에서 보이지 않는 스터디존이라 주문한 음료가 나왔다는 소리를 못 들은 모양이다. 얘들아, 사이렌오더라는 게 있단다.

　파트너가 "주문하신 음료 나왔습니다" 하니까, 네 명이 우르르 일어나서 파트너를 졸졸 따라간다. 덩치는 크지만, 병아리처럼 귀엽다. 한 명만 대표로 가면 될 텐데. 잠시 후 다시 우르르 오는데, 한 명이 쟁반을 들고 세 명은 또 그 뒤를 졸졸 따라온다. 오구오구, 너무 귀엽다. 귀여워서 계속 보다가 발견한 사실. 음료가 달랑 한 잔뿐이다. 나머지 세 명은 왜 따라간 걸까. 혹시 네 명이 돈을 모아서 산 건가 했지만, 한 명만 마시고 있다. 요즘 애들은 "나 한 입만~" 이런 것도 하지 않네. 우리 때는 누가 뭐 먹으면 꼭 "한 입만" 그랬는데. 물론 난 그러지 않았다. 어린 마음에도 "싫어" 하고 거절할까봐 말을 건넬 용기가 나지 않았다. 저 귀여운 학생들에게 내 기프티콘 나눠주고 싶은데, 이번에도 말을 건넬 용기가 나지 않는다. 뭐라고 말하면 서로 자연스러울지 별별 대사를 떠올리다 '에라, 모르겠다' 하고 노트북에 머리를 묻었다.

아줌마가 졸보라서 미안하다, 얘들아.

아미와 엄마

신메뉴인 차이티 라떼를 마셨다. '스파이시한 향
과 독특한 계피 향, 달콤한 차이chai로 만든 부드러운
티 라떼'라고 설명이 나와 있다. 아, 그런 맛이었구나.
계피 향이 좀 나는 홍차 라떼 맛이었는데 그럭저럭 괜
찮았다. 나중에 알았지만, 카페인 70밀리그램 함유! 역
시 내가 커피를 마시지 못하는 것은 카페인 때문이 아
니었다.

스터디 데스크 옆 테이블에 앉았는데, '탁탁탁탁'

소리가 연속적으로 들렸다. 돌아보니 데스크에 앉은 학생이 BTS 영상을 보고 있다. 그것도 느긋이 보는 게 아니라, 신경질적으로 엔터를 치면서 빨리 넘기기로. '공부하러 왔을 텐데 유튜브만 보는 거 알면 엄마가 속상하겠네. 밀린 동영상 보고 공부하려나 보다.' 오지랖 넓은 학부모 마음으로 잠시 생각했다.

그렇게 한두 시간쯤 지났을까. 어떤 아주머니가 오시더니 아직도 BTS를 보고 있는 학생에게 말을 걸었다. 학생은 흘끗 보더니 다시 고개를 돌린다. 아주머니도 아미여서 학생이 보던 동영상을 보고 아는 척한 걸까. 무슨 이야기를 하는지 모르겠지만, 학생은 굉장히 황당해하는 눈치다. 아주머니를 거들떠보지도 않는다. 아주머니는 다른 테이블에 앉았다가 다시 학생에게 와서 얼씬거리더니 사라졌다. …가, 또 나타났다. 조각 케이크와 음료를 들고 와서 굳이 학생 옆에 앉았다.

학생은 더 신경질적으로 엔터를 탁탁탁 쳤다. 도대체 무슨 관계인지 궁금해졌다. 모르는 사이일까, 아는 사이일까. 그때, 학생이 케이크를 먹었다! 고개도 돌리지 않고. 아, 엄마구나. 딸은 계속 무시하지만, 엄마가 맞는 것 같았다. 엄마는 엔터 치는 딸 손을 자꾸 잡고, 딸은 계속 뿌리치고. 이런 행동 반복. 아침에 엄마랑 싸우고 나온 건가.

엄마는 딸이 조각 케이크를 다 먹을 때까지 옆에 있다가 갔다. 스터디 데스크에 앉은 여러 사람 앞에서 딸에게 투명 인간 취급당하다 가는 엄마의 뒷모습이 안쓰럽기 그지없었다. 그런데, 이 엄마를 화장실에 갔다가 만났다! 세면대에서 손을 씻다가 물어보았다.

"딸이에요?"

내가 딸 뒷자리에 앉아 있어서 보았다고 말했더니 엄마는 사연을 쏟아냈다. 모자를 쓴 뒷모습만 보고 딸이 대학생인가 했는데, 놀랍게도 정하와 동갑이었다. 대기업에 다니다가 회사 사람들과 맞지 않아서 퇴사하고 집에서 쉬는 중이란다. 그런 딸에게 아빠가 빨리 취업하라고 매일 다그쳐서 오늘도 싸우고 나왔다고.

"스물여덟이니 취업도 하고 결혼도 해야 하는데 저러고 있으니 애 아빠랑 맨날 부딪치네요."

아아, 딸! 얼마나 괴로울까. 오죽하면 모두가 동경하는 대기업 들어갔다가 퇴사했을까. 부모님은 스물여

덟인데 무슨 결혼 얘길 하세요. 엄마 얼굴에 근심 걱정 그늘이 가득하다. 동갑 자식을 둔 동지로서 자연스럽게 그의 손을 잡았다. 자기 길 찾을 때까지 지켜봐주시라고 했다. 안다. 남의 자식이니 이런 교과서식 위로가 가능하다. 내 자식이었으면 나도 애가 타겠지. 잘될 거라고 잡은 손을 어루만졌다. 눈물 그렁그렁한 눈으로 고맙다고 하셨다.

　　기쁨도 주고 아픔도 주고 보람도 주고 상처도 주는 것이 자식이지만, 부모도 자식한테 그런 존재 같다. 그런 부모가 되지 않으려고 조심하지만, 부모가 됐다고 갑자기 인격체 완벽해지는 건 아니어서 말이죠.

스타벅스 샌드위치

오늘의 음료 따뜻한 우유

오기 전에 도수치료를 받고 온 탓인지 스벅에 와서 앉자마자 온몸의 세포들이 풀풀이 널브러지는 느낌이었다. 일단 뭐라도 먹고 힘을 내자 싶어서 우유와 햄&루꼴라 샌드위치를 주문했다. 어제 누가 햄&루꼴라 샌드위치가 맛있다고 추천했다. '햄, 토마토, 모짜렐라치즈를 올리브가 콕콕 박힌 치아바타 사이에 넣은 샌드위치'라고 한다. 직접 먹었으면서 '~라고 한다'라는 표현이 한심하지만, 언제나처럼 둔한 미각으로 별

생각 없이 먹어서 뭐가 들었는지 모르겠다. 맛있는 건 확실하다. 맛있는데(꼭 토를 다는 나쁜 버릇), 양이 많다. 스타벅스 샌드위치를 먹을 때마다 생각하는데, 두 조각으로 나오잖아요? 그거 반값에 한 조각만 팔면 양 적은 사람, 차 한잔하며 간단히 먹고 싶은 사람, 주머니 가벼운 사람들이 잘 이용할 것 같은데 말이다. 나는 매번 한쪽은 맛있게 먹고, 나머지 한쪽은 싸 갈까 버릴까 하다가 음식 버리는 건 죄스러우니까 꾸역꾸역 먹고 오는 편이다. 부디 소식좌를 위해 한 조각짜리도 팔아주세요.

옆 테이블에 앉은 남성분이 모발 이식한 이야기를 무용담 펼치듯 크게 떠들어서 고개를 슬쩍 들어보았다. 초·중·고등학교 때는 체육 잘하는 아이들이 부러웠고, 20대 때는 예쁜 사람들이 부러웠고, 30대 때는 좋은 남편 만난 사람들이 부러웠고, 40대 때는 재력 있는 사람들이 부러웠는데, 50대가 되니 머리숱 많은 사람이 부럽다. 모발 이식을 하고 자신감 만개한 저 남성을 보라. 정수리 숱 적은 사람으로서 그 마음 알 것 같다. 무용담을 얼핏 들으니 비용이 꽤 되는 모양이다. 20, 30년 뒤에는 대중화되어 모발 이식 비용이 저렴해지길 바란다. 하긴 70, 80대에 머리숱 따위를 부러워할까. 그때는 또 그때 부러운 게 생기겠지. 자다가 곱게 가는 사람이라든가.

여전히 한의원에서 도수치료 받은 살들이 아팠다. 이게 다 한 번 나올 때 한꺼번에 볼일을 보겠다는 게으름 때문에 그렇다. 시간을 헛되이 쓰지 않는 꼼꼼한 인간인 양 동선까지 고려하여. 오늘 쑤셔 넣은 스케줄은 '정형외과 → 스벅 → 도서관 → 마트'였다. 그런데 정형외과와 스벅이 이렇게 상극일 줄이야. 개운하게 일할 줄 알았더니 몸이 늘어져서 정신을 못 차리겠다.

결국 스타벅스에서 나와서 다음 코스인 도서관에 갔다. 자료도서를 빌리러 간 길에 에세이 코너를 둘러보았다. 제목들이 대동소이하다. '너는 괜찮아' '너는 훌륭해' '하기 싫으면 하지 마' '네가 제일 소중해' 위로하고 또 위로하여 위로받다가 멀미 날 것 같다. 하지만, 이런 위로가 많이 필요한 세상이어서겠지. 위로에는 책보다 고기와 돈이 직방이라던데.

결혼 이야기

오늘의 음료 디카페인 카페 라떼

디카페인 카페 라떼에 드리즐을 추가해보았다. 기프티카드로 결제하면 드리즐 비용이 무료여서. 그러나 문제점을 발견했다. 나의 혀는 드리즐을 추가해도 맛이 어떻게 달라졌는지 모른다. 앞으로는 무료에 무심해져야지. 무료 좋아하다 당 지수만 높일 것 같다.

결혼 준비 중인 듯한 커플이 내 앞자리에 앉았다. 예식장 이야기, 가구 이야기, 전자제품 이야기, 신혼여행 이야기를 나누며 하하 호호 웃다가 으르렁으르렁

다투다가 또 랄라룰루 즐거워하다가 여기저기 전화하다가…. 행복해 보인다. 전혀 부럽진 않지만.

얼마 전에 20년 동안 밀봉해둔 상자를 열었더니 신혼 때 쓴 일기장과 결혼 전에 주고받은 편지들이 잔뜩 나왔다. 연애편지는 오글거려서 읽을 수가 없었고, 일기장에는 타국 생활을 우울해하는 글뿐이다. 맨날 야근하는 남편만 보고 살았으니 그랬을 만도 하지. 스물아홉. 지금 정하 나이 때다. 정하는 아직도 이렇게 아기처럼 우쭈쭈 사랑받고 있는데. 스물아홉, 서른 살 때의 내가 너무 안쓰러워서 며칠 울었다. 결혼이란 걸 깊이 생각하지 않고 선택한 대가다. 그래서 그 선택을 후회하는가 하면 그렇진 않다. 정하를 만났으니까 이것만으로 충분하다.

정하와 같이 본 일드 〈브러쉬업 라이프〉에서 주인공은 같은 사람으로 네 번 태어난다. 태어날 때마다 지난번 인생에서 후회한 일들을 하지 않거나 위험한 상황을 제거한다.

밀봉해둔 상자에서는 정하 아빠를 만나던 날 찍은 사진도 나왔다. 번역할 책 사러 도쿄에 갔을 때였는데 메이지진구를 산책하다 찍은 것이다. 지나가던 사진작가가 자기 필름으로 찍어주어서 지금도 화질이 좋다. 이 사진을 정하에게 보여주며 말했다.

"〈브러쉬업 라이프〉처럼 인생을 리셋한다면 그날 오후에 아빠를 만나러 갔을라나. 가면 아빠를 만나야 하고, 가지 않으면 너를 못 만나고. 어려운 문제다."

드라마도 아니고 그런 일이 일어날 수도 없는데 갈지 말지 진지하게 고민했다. 그런 진지한 고민은 결혼하기 전에 했어야….

옆자리 예비부부는 어느새 가고 없다. 부디 행복하고, 결혼으로 인해 불행하다 생각하면 언제라도 다시 시작하는 용기를 내시기를. 참고 산다고 좋아지지 않아요. 근데 이게 덕담인가. 재 뿌리는 건가.

스벅에서 기도하는 사람

오늘의 음료 제주 유기농 녹차

열심히 별을 모은 덕분에 무료 쿠폰이 다섯 장 쌓였다. 오늘은 스벅 가방을 쌀 때부터 '무료 쿠폰 사용해야지' 생각했다. 쿠폰으로 간만에 비싼(?) 음료 주문해야지. 드리즐도 추가하고(안 한다며). 그런데 스벅에 도착하여 노트북을 꺼내고 마우스도 꺼내고, 이어폰도 꺼내고, 텀블러도 꺼내고, 온갖 장비 다 꺼냈는데 휴대폰이… 없다. 아악. 집에 가야 하나, 속으로 비명을 지르며 가방을 뒤졌더니 어제 마트에 갔다가 넣어둔 카드가 있었다. 불행 중 다행이다. 사이렌오더만 이용하다가 3년 만에 처음으로 카운터에서 주문했다. 음료주문을 하고 와서 보니 기껏 갖고 온 텀블러를 안 줬네. 텀블러로 주문하면 400원 할인인데. 아, 무료 쿠폰 쓰려다가… 속 쓰렸다.

그렇게 한바탕 쇼를 하고 받아온 녹차를 마시며 마음을 진정시키고 있는데 옆 테이블에서 주절주절 기도 소리가 들렸다. 처음에는 음료가 나와서 식기도를 하는 줄 알았다. 기도를 계속할 때도 '식기도를 정성껏하시는구나' 생각했다. 더 길어졌을 때도 '음료 한 잔에 저렇게 감사하는구나' 생각했다. 그런데 그게 1시간이 지났다. 무교인 나로서는 이해할 수 없는 세계였다. 주위에서 힐끗힐끗 쳐다보는데도 전혀 흔들림 없는 깊은 신앙심에 감탄했다. '하느님, 부디 저 기도를 들어주세요. 그리고 무교지만 시끄러워도 잘 참고 있는 옆자리의 제게도 복을 주셔야 합니다.'

내가 교회에 처음 가본 때는 온 나라가 새마을 운동하던 옛날이다. 크리스마스이브 날, 교회에서 과자를 준다고 하여 동네 아이들을 따라 간 것이다. 예닐곱 살 때였다. 그날 크리스마스란 것도 태어나서 처음 알았고, 크리스마스에 이렇게 동네 사람들이 다 모여서 즐거운 잔치를 하는 것도 처음 알았고, 예수님의 존재도 당연히 처음 알았다. 어린 나이에도 '나만 빼놓고 자기들끼리 이런 걸 즐겼구나' 하는 생각에 섭섭했다. 그런데 크리스마스 행사를 하는데 글쎄, 두 살 많은 친언니가 앞에 나와서 노래를 부르는 게 아닌가. 충격이었다. 저 인간은 언제부터 교회란 곳에 다닌 걸까. 나를 따돌리고 저 혼자 다녔구나. 태어날 때부터 우리 집 천덕꾸러기여서(아들인 줄 알고 낳았는데 네 번째 딸이라) 소외감에 익숙했지만, 새삼 더 진한 소외감을 느낀 크리스마스이브였다. 언니가 노래를 잘 부른다는 것도 그날 처음 알았다.

생애 첫 교회, 첫 크리스마스. 가슴 속에 박제된 50년 전의 그 느낌도 앨범 속 흑백사진처럼 바래서 재가 되어가고 있다. 누군가가 그때 나를 계속 교회에 데리고 다녔더라면 나는 신앙을 갖게 됐을까 싶지만, 내 성향으로 보아 그렇진 않을 것 같다. 나는 나를 종교로

하여 잘 살아왔다. 그러나 오늘은 그 어린 날 만난 하느님에게 기도하고 싶다. 다음에는 스벅에서 소리 내어 기도하는 사람 옆에 앉지 않게 해달라고.

옆자리 아이에게 그림책 보여주기

오늘의 음료 자몽 허니 블랙티

소파석 옆 테이블에 귀여운 남자아이가 혼자 앉아 있다. 엄마는 주문한 음료를 받으러 간 모양이다. 아이에게 몇 살인가 물었더니 네 살이라고 한다. 예전 나이로 다섯 살인가. 정하가 다섯 살 때를 떠올려보니 대화가 통할 나이다. 아이와 이런저런 이야기를 하며 놀고 있을 때 엄마가 왔다. 엄마도 아이도 선하고 귀여운 인상이다. 아이에게 요즘 번역 중인 그림책 그림을 한 장 보여주었다. 《초밥이 옷을 사러 갔어요》라는 그림책인데, 의인화한 사물의 그림과 글이 무척 귀엽고 재미있다. 엄마와 아이가 동시에 큰 관심을 가졌다. 아이가 "또 보여주세요!"라고 해서 또 보여주었다.

"소시지가 빵 차를 사러 갔대. 동그란 빵 차도 있고, 길쭉한 빵 차도 있고, 네모난 빵 차도 있네. 우와, 빵 차가 되게 많지? 너는 이 중에서 무슨 빵 차 고르고 싶어?"

"이거요."

아이는 식빵 차를 골랐다.

"오오, 엄청나게 크고 멋진 차 골랐네. 아줌마도 태워주세요."

"네!"

"이건 엄마 상자랑 아이 상자랑 리본을 사러 간 거야. 예쁜 리본들이 많이 걸려 있지? 너는 무슨 색 리본 고르고 싶어?"

"이거요."

아이는 파란색 리본을 골랐다.

"이야, 파란색이네. 진짜 예쁘다."

이렇게 한 페이지, 한 페이지, 그림책 한 권을 다

보여주었다. 주변에 다른 손님은 없었다. 엄마와 아이와 함께 그림책을 보는데 아이도 좋아했지만, 엄마도 큰 관심을 가졌다. 아니나 다를까, 이유가 있었다.

"사실은 저 출판 편집 디자이너예요."

와, 스벅에서 동종업계 사람을 만나다니! 정말 반가웠다. 반가워서 명함을 주었다. 일로 만난 사람 이외에 명함을 주는 건 처음이다. 그랬더니 엄마가 "어머, 권남희 선생님이세요?" 하고 깜짝 놀랐다. 동종업계에서 일하는 30대 여성이라면, 나를 알지도 모른다고 생각했지만, 막상 알아주니까 후줄근한 차림으로 있던 내 몰골이 부끄러워졌다.

한참 일을 하다 매장 외부에 있는 화장실에 다녀오다 보니 아이와 엄마는 집에 가려고 밖에 나와 있었다. 어디에 사는지 서로 집 위치를 이야기하다 언젠가 또 동네에서 마주치길 기대하며 헤어졌다. 자리에 돌아와서 보니 노트북 위에 하트 모양의 스벅 마카롱이! 그러잖아도 정하가 일하며 먹으라고 사준 수제 쿠키가 있어서 아이에게 줘야겠다고 생각했는데. 이심전심. 얼른 뛰어나가서 모자를 쫓아가 쿠키를 선물했다.

일은 별로 못했지만, 왠지 자꾸 웃음이 쏟아지는 오늘의 스벅이었다.

* 《초밥이 옷을 사러 갔어요》, 타나카 타츠야·권남희 옮김, 토토북

에필로그

내돈내산 '스타벅스 일기'

　　스타벅스에서 일하는 날마다 '스타벅스 일기'를 썼다. 처음부터 일기를 쓴 건 아니었다. 스타벅스에서 일하기 시작한 지 두어 달쯤 지났을 때인데, 그날따라 옆 테이블에 사람이 자주 바뀌었다. 테이블 간격이 좁아서 들으려고 하지 않아도 옆 테이블 대화는 강제로 들렸는데, 어느 순간 뒤통수를 탁 치는 아이디어가 떠올랐다. '아, 스타벅스 오는 사람들을 소재로 연작 단편 소설을 써보자. 제목은 〈어서 오세요, 스타벅스입니다〉로.' 간단히 스토리도 구상해보았다. '오, 이거 너무 재미있겠는걸.' 쓰지도 않은 책은 내 머릿속에서 이미 베스트셀러가 됐다.

그날부터 스타벅스에서 마시는 음료와 주위 사람들 얘기를 담은 일기를 썼다. 아쉽게도 몇 달 뒤, 《어서 오세요, 휴남동 서점입니다》라는 소설이 나왔다. 제목은 포기. 그러나 스타벅스 일기는 계속 썼다. 원래의 목적은 잊고, 스타벅스 일기를 쓰는 자체가 재미있었다. 초등학교 다닐 때부터 대부분 아이들이 싫어하는 일기 쓰기 숙제를 나는 유난히 좋아했다.

그런 어느 날, 모 신문사와 인터뷰를 했는데, 기자님이 사담으로 다음에는 어떤 책을 쓸 계획인지 물어보았다. 그래서 '스타벅스 일기'를 쓰고 있는데, 이걸 바탕으로 언젠가 소설이나 에세이를 쓸까 한다고 말했다. 이 한마디가 계기가 되어 2년 동안 쓴 《스타벅스 일기》가 책으로 나오게 됐다. 유아 때부터 히키코모리에 가까운 집순이의 삶을 지향한 내가, 아메리카노도 못 마시는 내가 빈둥지증후군을 고치기 위해 스타벅스에 다닌 것이 엄청난 결과물을 낳았다. 아마도 나를 아는 모든 사람들이 집순이 권남희와 스타벅스와의 언밸런스함에 경악할 것 같다.

정하는 누구보다 나의 스타벅스 생활을 기뻐하고 응원했다. 기프티카드와 기프티콘을 아낌없이 지원해주었다. 아, 그런데 《스타벅스 일기》 원고를 마칠 즈음에 정하는 오피스텔 월세가 터무니없이 올랐다며 만 2년 동안의 독립생활을 마치고 집으로 돌아왔다. 자신에게는 알뜰하면서 엄마한테는 아낌없이 쓰는 것이 눈물 포인트다. 정하가 집에 돌아와서 너무 기뻤지만, 너무 기뻐하면 다음에 독립할 때 부담스러워 할까봐 적당히 기뻐했다.

책을 쓰며 우리 집을 기점으로 가장 가까운 스타벅스 다섯 곳을 주로 이용했다. 아마도 우리 동네 사람들이 이 책을 읽으면 대충 어느 스타벅스 매장인지 알 것 같다. 혹시 '저 아줌마가 그 아줌마인가' 하고 알아보는 분들 계실까봐 책이 나오면 다른 동네 스타벅스

로 원정 다닐 생각이다. 어떤 라디오 프로그램에 출연
했을 때 PD님이 '전국 스타벅스 순례기' '세계 스타벅
스 순례기'를 쓰면 대박이겠다고 아이디어를 방방 내
주셨다. 예전 같으면 말도 안 된다고 생각했을 텐데,
《스타벅스 일기》가 나온 것부터 말도 안 되는 일이어
서 슬쩍 미래의 나의 활약을 기대해본다.

2023 겨울 e-프리퀀시를 모으며, 권남희

Thanks to

제게 스타벅스 기프티콘과 기프티카드로 응원해주신 분들께 감사드립니다.
세상에서 가장 고마운 선물이었습니다.

강명아, 강성희, 강미숙, 강민지, 강유정, 강항돈, 김윤경, 김진주, 김태희, 롭고
든, 마야, 박경선, 박이란, 봉부아, 송수영, 신동아, 안성희, 유서영, 이나영, 이
미송, 이소담, 이승하, 우인화, 이정하, 조혜연, 정미숙, 한화진

스타벅스 일기

ⓒ 권남희, 2023

초판 1쇄 인쇄   2023년 11월 16일
초판 4쇄 발행   2024년 5월 30일

지은이   권남희
펴낸이   이상훈
편집1팀   김진주 이연재
마케팅   김한성 조재성 박신영 김효진 김애린 오민정
펴낸곳   ㈜한겨레엔 www.hanibook.co.kr
등록   2006년 1월 4일 제313-2006-00003호
주소   서울시 마포구 창전로 70 (신수동) 화수목빌딩 5층
전화   02) 6383-1602~3 | 팩스   02) 6383-1610
대표메일   book@hanien.co.kr

ISBN   979-11-6040-720-4 03810